溺愛したがるモテ男子と、秘密のワケあり同居。

ゆいっと

STARTS
スターツ出版株式会社

イラスト／柚木ウタノ

「今日からお世話になります！」
ワケあって知り合いの家に
しばらく住まわせてもらうことになりました
「は？　お前、誰？」
その家にいたのは、クラスメイトのクールな彼
すごくイケメンでモテるのに
女の子と喋(しゃべ)っているのを見たことがない
女ギライみたいで
目を合わせただけでものすごく睨(にら)まれる
そんな彼と同居なんて、生きた心地しないんですけど……

「俺と同居してること、誰にも言うなよ」
「は、はいっ……」
はじめは苦手で仕方なかったのに
「強がるなよ」
……あれ？
「俺が小春(こはる)を守るから」
……あれあれ？
学校にいる時とは全然違って
ときに優しく、ときに独占欲(どくせんよく)全開な彼に
私はドキドキしっぱなし……！
「待って、離してっ……！」
「やだ、ムリ、離さない、もう限界」

この同居、危険(きけん)すぎますっ！

溺愛したがるモテ男子と、秘密のワケあり同居。

登場人物紹介

相沢小春（あいざわこはる）

普通の高校2年生。クラスメイトの朔（どちらかというと苦手なタイプ）と突然同居することになって…。

永瀬朔（ながせさく）

学校イチのイケメンでモテモテだけど、超クールで女嫌いの高2。寝ぼけるとなんにでも抱き着く癖がある。

石黒蘭子（いしぐろらんこ）

しっかり者で美人の学級委員長。本音を言い合える、小春の親友。

金子真希（かねこまき）

小春の親友。サバサバして明るい、男前の美人。朔と同じ中学だった。

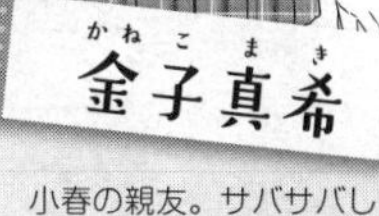

平井紫苑（ひらいしおん）

秀才＆優等生の生徒会副会長。ひょんなことから小春と仲良くなるけど…。

☆contents

LOVE ♡ 4

LOVE ♡ 5

書籍限定番外編

プロローグ

「……朝だよ、起きて……」

白い光が部屋に差し込む爽やかな朝。

タオルケットにくるまれて気持ちよさそうに眠っている彼に、そっと声を掛ける。

「……」

もちろん無反応。

……だよね。わかってるよ。

こんな優しい起こし方じゃダメだって。

もー、こうなったらしょうがない。

「遅刻するから起きて！」

恐る恐る手を伸ばして、丸まった体をゆすってみると──。

「……うーん……」

体を捻ってこっち側に顔を向けるから、とっさに手を離そうとしたけど……一歩遅かった。

「きゃっ……！」

あっという間に腕をとられ、今日も私の体は彼の胸の中へ……。

瞬間、ふわっと香る彼の匂いにドキッとする。

……ああっ……やっぱり今日もダメだった……。

私は、彼の胸の中で盛大なため息をつくけど。

当の本人は、私をぎゅっと抱きしめたまま、すやすやと眠り続けているから困ったものだ。

でも、これに負けちゃいられない。

「もう、離してってば……！」

体をねじって脱出を試みる。

けど、なかなか抜け出せない。

寝てるのにこんなに力が強いってどういうこと？

これからこんなことが続くのかと思うと、気が重くてしょうがないよ……。

抱きしめられている相手はクラスメイトの男の子。

べつに、つき合ってるわけじゃない。

なんでこんなことになったかというと。

話は、今から約１ヶ月前にさかのぼる……。

LOVE♡1

永瀬朔（ながせさく）、という男

にぎわうお昼休みの教室。

私、相沢小春（あいざわこはる）は、廊下（ろうか）側からドアに体をぴったりつけて、「2－3」とプレートの掲げられた教室のなかをそーっと、うかがっていた。

ここは自分の教室なのに、なんだかとっても怪（あや）しいけれど、今はそうしなきゃいけない理由があるんだ。

どうか、いませんように……！

「まじで？　これウケるわ～」

「ぎゃははは」

……いた。

男子５人の集団が、スマホの画面を見ながらわいわいしているのを見て、気持ちがずーんと落ちる。

クラスの中でも一番目立つその集団は、今日も例外なく輝（かがや）いていて、周りの女の子たちの目をキラキラさせている。

髪の毛をカッコよく決め、オシャレで顔面偏差値（へんさち）の高い彼らが注目を浴びているのはいつもと変わらない光景。

って、のんびり眺（なが）めてる場合じゃなかった！

さっき廊下でばったり会った担任の先生に「ついでに渡しといてくれ」と持たされたのは、クラスメイトの永瀬朔くんのノート。

クラスメイトのノートを預かるなんて、大したことないのかもしれないけど。

彼だけは別。

“永瀬朔”という男の子は、私が一番苦手な人だから。

そんな彼があの集団のなかにいるものだから、困ってるんだ。

ミルクティー色に染め、無造作にセットされた髪。

そこにいるだけで威圧感を覚えてしまう、180センチを超える身長。

黒目がちな大きな瞳に、スッと高い鼻。

透明感のある白い肌。

彫刻のようにキレイな顔は、それはもうパーフェクト。

ファンクラブまであるんだって。

そんな彼とは、同じクラスになって２ヶ月経つけど、まだ１回も喋ったことがない。

それは私だけじゃないと思う。

どうしてか、“女の子”と全く会話をしないんだ。

男友達と話しているときはすごく楽しそうにしているのに、女子が話しかけようものなら鋭い瞳を向けてくる彼。

そこまで!?ってほどの殺気に、私は目が合ったら怖いから、なるべく永瀬くんを見ないようにしているんだ。

みんなはそんなところもカッコいいって言うけど……私にはわからないや。

男の子はやっぱり……優しい人がいいもん。

「今の笑顔最高じゃない？」

「やばいやばい！」

同じ扉からは、違う目的で教室のなかをうかがっているふたり組の女の子がいた。

永瀬くんのファンか……。

仲間に向けるあの笑顔を誰がゲットできるか……なんて熾烈(しれつ)な争いもあって、更に人気が爆上(ばくあ)がりしてるみたい。

女ギライなんて噂(うわさ)もあるけど、真相はわからないまま。

『あの完璧(かんぺき)な永瀬くんに苦手なものがあるなんて萌(も)える～』なんて言ってる子もいるけど、好きな子にとっては、それでいいことなんてひとつもないよね。

告白したって誰も振り向いてもらえないから【永瀬難民(なんみん)】なんて言葉が流行(はや)りつつある。

そんな彼にノートを渡すなんてぜったいに無理！

あーもー、どうしよう。

本人がいなかったら机の上にぽいって置いておこうとしたのに、彼の席を中心に男子が集まっているから出来ないじゃん。

「小春ちゃん、なにしてるの？」

そんなことをしていたら、通りかかった子に声を掛けられてしまった。

わわっ。

「あっ、ちょっとね……」

やっぱり怪しいよね、私。

へへっと笑ってごまかすと、彼女は首をかしげながら去っていった。

ほらっ！

永瀬くんのせいで、私ヘンな子って思われちゃったよ。

いつまでもこうしているわけにいかないし。

仕方ない。ここは諦めて渡そう。

「よしっ！」

意を決して教室に入った……のはいいけど……。

やっぱり彼を目にした瞬間、湧いた勇気は一気にしぼんでしまう。

永瀬くんの周りには、見えない氷のバリアかなにかがあるんじゃないだろうか。

近寄った瞬間、跳ね飛ばされちゃう……みたいな。

私今日、生きて帰れるかな……。

なんてバカげたことを考えながら、ああでもないこうでもないと考えあぐねていると。

「アレ、朔が探してたノートじゃね？」

グループのなかのひとりがそんなことを言ったものだから、彼らの目が一斉に私の方へ向けられる。

わわわっ。気付かれちゃったよぉ……。

「ほんとだー、あれだろあれ」

「なんで相沢さんが持ってんの？」

あのっ、私っ……。

みんなにじろじろと見られて、気まずいったらないよ。

こんな状況でも、永瀬くんだけは決してこっちを見ようとしない。

それはとてもありがたいことで、だったら逆にチャンスなのかもしれない。

私は、ちょこちょこと挙動不審にカニ歩きしながら近づいて。
「あっ、あのっ。これ渡すように言われましたっ！」
主語も何もわからないことを口走って、手前にいた男子に手渡す。
そして、私はこれでしっつれいしまーす……とばかりに、逃げるようにその場をさーっと離れた。

大役を果たし終えて自分の席でぐったりしていると、頭上から声が降ってきた。
「ね、なに渡してたの？」
「あっ、真希（まき）ちゃん」
思わずビクッと肩を上げながら振り返れば、そこには友達の金子（かねこ）真希ちゃん。
「えっとね、担任から永瀬くんあてのノートを頼まれちゃって……」
ふう、と息を吐きながら答える。
「マジで!?　それ超特別任務（にんむ）じゃん。ご苦労！」
そう言って、私の頭を撫（な）でてくれる真希ちゃんはなかなか男前な性格で、サバサバして明るくて、一緒にいてとってもいい心地のいい子。
美人でスタイルがよく、まるで宝塚歌劇団（たからづかかげきだん）に所属しているような風貌（ふうぼう）なものだから、女の子のファンも多い。
「これで小春のレベルも３くらい上がったよ！」
そんな意味不明なことを言う真希ちゃんとは、正直友達になれるとは思っていなかった。

だって私とは真逆でキラキラ輝いてて、別世界の人だと思ってたんだもん。

「あれで愛想がよかったら、私も考えるのになあ」

腕を組みながら思案する真希ちゃん。

それって、永瀬くんの彼女ってことかな？

美人な真希ちゃんとなら釣り合うと思うけど、友達としてあまりオススメできないなあ。

でも真希ちゃんと永瀬くんは同じ中学だったみたいで。

真希ちゃんの風貌やサバサバした性格もあってか、たまーに会話したりしている。

「真希の性格じゃ無理でしょ」

それをバッサリ切るのは、もうひとりの友達、石黒蘭子ちゃん。

「はあっ!?」

「真希は性格がきついじゃない」

物おじせずストレートに言う蘭子ちゃんは、曲がったことが大嫌い。

見るからに学級委員をしていそうな見た目で、実際学級委員をしていて、「石黒女史」なんて男子からは呼ばれている。

しっかり者っていう意味でそう呼んでいるんだろうけど、蘭子ちゃんは気に入らないみたい。

「蘭子には言われたくないしー」

そう言って、蘭子ちゃんが持っていたチョコレートをさくっと奪う真希ちゃん。

「またふたりとも一」

　それを見て、くすっと笑う私。

　これでふたりがケンカに発展しないのがわかっているからなんだけど。

　はじめはびっくりした。

　友達にそんなこと言っちゃっていいの？って。

　友達にそんな口をきくなんて、いままでの私には考えられなかったから。

　去年までいたグループでそんなこと言ったら、絶対にハブられる自信があるよ。

「ほんとのことじゃない。真希に永瀬は合わない」

　蘭子ちゃんとも、友達になるとは思ってなかった。

　どこかクールでミステリアスな雰囲気（ふんいき）の蘭子ちゃんは、やっぱり別世界の人だと思っていたから。

「あー、そんなこと言って、蘭子こそ永瀬のこと狙（ねら）ってたりして～」

　でも、似てないからうまくいくこともあるのを学んだ。

　もともと興味のあることが違うからライバル視（し）しないし、そんなお互いのことを認められるっていうか。

　言いたいこと言い合える友達って、素敵（すてき）だなぁって思うの。

　ふたりに会うまで、私は同じようなタイプの子とつるんできゃっきゃしていた。

　『これいいよね』って誰かが言えばみんなで頷（うなず）いて、否定すればみんなでまた頷いて。

今思えば合わせていただけで、ほんとの自分を出せなかった。少しでも違う意見を言ったりすると、グループにいづらくなる気がして。

人に合わせることに疲れていたころ、高２に進級して。

いままでのグループの子が誰もいなかったから、それはそれで不安だったけど、そんなときに真希ちゃんに声を掛けてもらったんだ。

真希ちゃんも蘭子ちゃんも自分とはちがうタイプだけど、このふたりといるとすごく素の自分でいられるの。

不思議だなあ。

「私が永瀬を……って、ばかばかしい……」

興味もない、というように蘭子ちゃんは長い黒髪(くろかみ)をかき上げた。

蘭子ちゃんもすごく美人だから、隠れファンはいっぱいいるんだよね。

ただ、カンペキすぎて男子が近寄れないみたい。

とにかく、真希ちゃんも蘭子ちゃんも、大人っぽくてきれいっていうところは共通している。

童顔(どうがん)に幼児体型な自分が、ちょっと悲しい……。

３人でいると、私だけぜったいに浮いてるよ。

とほほ……。

そっと、教室のなかで盛り上がっている一角に目を向けると。

私がへこみそうなほどのキレイな顔面で、仲間の話に笑っている永瀬くんがいた。

女なんて、みんな。

【朔side】
「好きです、つき合ってくださいっ！」
目の前には、顔を真っ赤にした女子。
視界の隅(すみ)には別の女子ふたりが、胸に手をあてながら心配そうにこの様子を見守っている。
「はあ……」
俺、永瀬朔は天に向かってため息を零(こぼ)す。
移動教室の帰り。
ダチ数人と廊下を歩いていると、わーっと女子に囲まれた。
『あのっ、少し時間いいですか！』
まるで拉致(らち)にでもあったかのような状況に面食らう俺。
『どーぞどーぞ。邪魔者(じゃまもの)は消えるから』
俺の代わりに答えたダチは、ニヤニヤしながらそんな俺を置いて逃げて行った。
……裏切りやがって。
俺は女子に呼び出されても絶対に行かない。
誰にコクられたって答えはノーで、時間の無駄(むだ)だから。
そうしていると、こうやって突撃(とつげき)してきて告白されるようになった。
「あのぅ……」
目線を下げれば、瞳をうるうるさせながら俺を見つめている女子。

話したこともないのに好きってなんだよ。

女なんて、所詮男の外見しか見てねえくせに。

俺は……女心がイヤってほどわかるんだ……。

俺には、７歳年上の姉貴がいる。

物心ついたころから、俺は姉貴のおもちゃだった。

髪の毛は女子並みに長く、ときにはおさげ、ときにはポニーテール。

スカートをはかされ、化粧をさせられ。

アニメといえば、魔法を使って変身する女子戦隊もの。

ライダーやレンジャーものには、まったく触れずに過ごした。

そうすると、必然的にも幼稚園での友達は女子ばかり。

引っ込みじあんだった俺は、いつも女子のボスにいいように扱われていた。

ジェンダーレスの流れのせいか、先生も『朔くんはそうなんだよね』って､俺を男子の輪に入れようとはしなかった。

当時の俺も、その事にまったく違和感がなかったんだ。

「……無理」

なにか言わないとこの場を収拾できないと思い、放ったひと言。

すると、目の前の女子は「ふえっ……」と声を上げて泣き出した。

その瞬間、見守っていた女子がすっ飛んできて、俺に鋭い目を向ける。

「ナナはずっとあんたのことが好きだったんだからね！」
……だからなんだよ。
「さいってー」
もうひとりも俺に向かって、暴言を吐く。
だったら、遊びでつき合えっていうのか？
好きでもないのにつき合う男のほうが、最低じゃねえの？
「ナナ、男はコイツだけじゃないよ」
「そうだよ。ナナは可愛いんだからもっといい男いるって」
それに対して、告白してきた女はうんうんと頷きながら肩を抱かれ去っていく。
……うんうんじゃねえだろ。なに同意してんだよ。
さっきまで俺のこと好きだったんじゃねえの？
ばかばかしい……俺は呆れながら教室へ向かった。
……そんなもんだよな。
振ったとたんコレだもんな。
姉貴で学習した女のクソさは、いつの時代も同じらしい。
俺にどんな幻想を抱いているのか知らないが、俺のことをよく知りもしないで好きになって告白してきたそっちが悪いんだ。
今日の放課後は、カフェで俺の悪口を散々言うんだろ？
失恋して食べ物が喉を通らなくなるなんてウソだ。
やけ食いするのを俺は知っている。

「おっかえり〜」

「お疲れ〜！」
　教室に戻ると、裏切った面々がニヤニヤしながら俺を出迎えた。
「ふざけんなっての」
　俺は椅子にドカッと座った。
「久々じゃねえの？　突撃告白」
「ああでもしなきゃ、朔にはコクれないからなあ」
「女子もいろいろ大変だよな」
　何が女子もいろいろ大変、だ。
　大変なのは俺のほうだっての。
　ダチのひとり、長谷川新太が、俺の顔をまじまじと見ながらつぶやく。
「それにしても、ほんっとキレイな顔してるよなあ」
「……ぶっ殺す」
　一番いけないのは、この“顔立ち”だ。
『朔くんはほんとに可愛いわね〜』
　ほめ言葉だといって向けられるそれは、俺にとっては吐き気がするほど嫌だった。
　小さい頃は、格好のせいもあるが誰もが俺を女だと疑わず。オマケのおもちゃだって女の子用。
　自分は女の子なんじゃないか？
　そう思い込んでいた時期もあった。
　そりゃそうだろ。
　ずっと、姉貴にそう仕向けられてきたんだから……。
「俺、朔だったらアリかもな」

「はあっ!?」

「俺もイケる」

「俺も」

「……」

とんでもないことを言うダチたちに絶句（ぜっく）。

マジで頭が痛ぇ。

姉貴の言いなりになっていた俺も、小学校３年くらいから段々と違和感を覚え始めた。遅いかもしれないが、やっと男としての俺が目覚めたんだ。

自分の意志で髪の毛をバッサリ切り、“男らしく”振舞（ふるま）うようになった。

その頃高校生だった姉貴は、クラスの誰がカッコいいだの騒（さわ）ぎまくっていた。

逆に、興味（きょうみ）もない男子のことは、お前なに様だよって言いたくなるくらい上から目線で、けちょんけちょんにけなしまくって。

挙句（あげく）、好きだった男に振られたら、そいつの悪口を言いたい放題。

好きだったんじゃないのかよ。

……女ってヤツが、怖くて仕方なかった。

女の裏表を目（ま）の当たりにして、女に夢も希望も持てなくなった。

女子たちが、俺を見て騒ぎ始めたのもその頃だった。

……コイツらだって、腹の中じゃなに考えてるかわかんねえ。

それがわかるから女子との関わりを減らし、中学に上がった頃には、一切女とは口を利かなくなった。
近寄らせないように、女子に対しては冷たく振舞い、笑顔なんて死んでも見せない。
俺を見てキャーキャー騒いでる女子も、どうせ目当ては顔だろ。
冷たくすれば、いっぺんに手のひらを返して腹黒い本性を見せるに決まってる。
女なんて、みんなそうなんだ。
中学の卒業文集。『クラスで一番可愛い人』と『女装したらイケてる男子』ランキングで断トツの１位に選ばれたことは黒歴史だ。
「お前もいい加減彼女作れば？」
女ギライを知っているダチは、みんなそう言う。
「いらねー、そんなもん」
クラスでつるんでる５人中、彼女がいないのは俺をのぞいてあとひとり。
そいつは長年の片想いをこじらせているだけだ。どうにもならなくて……もう末期だな。
「……つってもなあ……俺らばかっり、なぁ……」
日頃から、俺にノロケばかり聞かせて悪いとでも思ってるのか。
まあ……会話の大半が、彼女のノロケ合戦になっているのは事実だが。
「俺のことは気にすんなって。勝手にしろよ」

「って言っても……やっぱり……」

「だよなあ……」

他の奴(やつ)らは気まずそうに顔を見合わせる。

俺がいいっつってんだからいいってのに。

「ちょっと考えて見ろよ。女ってみんながみんな悪いやつばかりじゃないぜ？」

「そうだぜ？　中にはいい子もいるって」

そんなダチの助言が、かすかに俺の心の一部を刺激する。

遠い記憶の、淡(あわ)い思い出……。

柔らかい、笑顔——。

「いや、いい」

それを消し去り、俺は首を横に振った。

まさか、同居なんて

　それから数日後――。
「実はな……海外転勤が決まったんだ」
　お父さんからそんな衝撃発言が飛び出したのは、お母さんと夕飯の支度をしている時だった。
　思わず菜箸がぽろっと落ちる。
「えっ……そ、そっかぁ……」
　びっくりしたけど、それほど予想外のことでもなかった。
　お父さんの会社は外資系で、ニューヨークなどの大都市にも支社があって、転勤希望は以前から出していたみたいだったから。
　昔から、海外への引っ越しも覚悟しておくように言われていたし、私もそのつもりだった。
「おめでとう！」
　これは嬉しいことなんだよね。
　笑顔でパチパチと拍手する私は……じつはちょっと複雑だった。
　転校かぁ……。
　せっかく真希ちゃんと蘭子ちゃんと仲良くなれたのに、それだけが残念。
「それがだな」
　なのにお父さんは少し困ったような顔をしていて、私は拍手を止める。

　ん？　どうしたのかな？
　なにか問題でも？
「今回は、一応応援という形でな。しかも、赴任先の治安や生活環境は決していいとは言えないんだ」
「え？　ニューヨークじゃないの？」
「そうなんだよ。だから、小春を連れて行くわけにはいかなくて。大事な娘を危険にさらすわけにはいかないだろう」
　え？　え？　どういうこと？
「それでね」
　困惑している私に、少し言いにくそうにお母さんがあとを引き継ぐ。
「お父さんってば、ひとりじゃなにも出来ないでしょ。それで困っちゃって……」
　そう言いながら、お父さんに目を向ければ。
「あああっ！」
　手伝おうとしていたのか、フライパンからお皿にお肉を移そうとして、お皿をひっくり返してしまった。
　言ったそばからこれだもん。
「もーっ、お父さんったら！」
　仕事はできるみたいだけど、料理や家事はまるでダメ。
　出来ないのにやりたがるんだよね。
　よく、お母さんから怒られてる。
「ごめんごめん」
「ということで、お母さんもお父さんについて行こうと思うの」

「えっ!?」

　てことは、私ひとりで日本に残るの？

　でも。

　こんなお父さんがひとりで海外に行ったら、どうなるかは目に見えてる。

　だったら、私がこの家でひとりで暮らすしかないか。

　ちょっと……いや、だいぶ怖いけど、頑張る！

「お父さんお母さん、私のことなら心配しないで。しっかりこの家を守るから！」

　そう宣言すると。

「心配に決まってるだろ」

「可愛い娘をひとりこの家に残していくわけにいかないわよ、ねえ？」

　当然のように言って、顔を見合わせるふたり。

　え？

　でも、私は海外には行かないんだよね？

　せっかく決意したのに、なんだか肩透かしを食らった気分。

「じつはね、小春のことはその間、お母さんのお友達の家にお願いすることにしたの」

「へ？」

　お友達の家にお願いって？

「それならお父さんも安心だからな」

　お父さんも、お母さんの横でそう言って微笑む。

「ちょ、ちょっと待ってよっ……」

「大丈夫よ！　友達は明るくて楽しい人だし。旦那さんは単身赴任でいないから、小春が来てくれたら嬉しいわーって喜んでたわよ。あ、男の子がいるんだけどね、その子もすっごくいい子だから」

……ということで、私はお母さんのお友達という人の家に居候させてもらうことになってしまった。

なんだか押し切られちゃったけど。

私にとっては知らない人なわけだし……大丈夫かな。

それからお父さんたちが行ってしまうまでの間、ずっとドキドキしていた。

そして今朝。

お父さんとお母さんは海外へ行ってしまった。

最低でも３ヶ月は帰ってこられないみたい。

寂しいなぁ……。

予定通り私は、お母さんの知り合いの家でお世話になるんだけど。

いきなりひとりで向かうなんて緊張するよ。

ほんとは事前に挨拶に行く予定だったけど、準備とかでずっとバタバタして行けなかったのだ。

荷物は昨日のうちに全部送ってくれているから、学校が終わったらそのまま向かう。

通学時間は今までとあまり変わらないみたいだから、少し安心。

最寄駅から地図を見ながら歩いていると、意外にもすぐにたどり着いた。

「わー、大きい家！」

　そこは、私の住んでいる家よりも新しく、大きなおうちだった。

　白と紺のツートンカラーが、今ドキっぽくてオシャレ。

　お庭も広くて、可愛らしい花がたくさん咲いている。

　緊張しながらインターフォンを押すと、中から明るい声が聞こえてきた。

「もしかして小春ちゃん!?　待ってたのよ〜」

　それだけで、少し緊張が解ける。

　ドアが開いた先にいたのは、すごく可愛らしい女の人だった。

「いらっしゃーい。迷わなかった〜？」

「は、はい」

　この人がお母さんの友達なの？

　同級生って言ってたけど、すっごい若いじゃん！

「さあ、入って入って！」

　カバンをとられ、手を引かれるまま家の中に入る。

　木のいい香りを嗅ぎながら靴をぬいで通されたのは、広いリビングだった。

　外観だけじゃなくて、家の中もとってもオシャレ。

　観葉植物や小物がセンス良く置かれていて、まるでモデルルームみたい。

　男の子がいるって聞いてたから、おもちゃとかで溢れてるのかな？って思ったけど、キレイに片付けられていた。

「あっ。今日からお世話になりますっ！　相沢小春です！」

いっけない。

色々あっけに取られて、一番大事な最初の挨拶を忘れちゃってたよ。

私は、慌(あわ)ててぺこりと頭を下げた。

「そんな堅苦(かたくる)しい挨拶なんて抜き抜き～。小春ちゃんのママとは昔からの友達なんだし、小春ちゃんも自分の家のようにくつろいでね」

「ありがとうございますっ！」

初めて会った私に、こんな親切にしてくれるなんて……。

遠くの親戚(しんせき)よりなんとか……って、ほんとだ。

人見知りが発動したらどうしようって思ってたけど、この家ならやっていけそうだと、ものの１分で思えた。

「私のことは香織(かおり)って呼んでねっ」

「は、はいっ」

「小春ちゃんの荷物はもうお部屋に運んであるの。こっちよ」

タンタンッと軽快に階段を昇る香織さんに続く。

２階もとても広く、白くて同じような部屋の扉がいくつも並んでいた。

もともと、３人暮らしなんだよね？

なのにお部屋がたくさんあることにびっくり。

私の家は人数分しか部屋がないのに。

「ここよここ～」

辺(あた)りをきょろきょろしながら進むと、ひとつの部屋の扉が開けられた。

6畳くらいの洋室で、ベッドと勉強机と本棚が置かれていた。

「かわいいっ！」

カーテンは小花柄で、天井から吊り下げられた小さいシャンデリアは、女の子なら誰だって心が躍っちゃうはず。

思わず叫ばずにはいられない内装に、私の心は弾みまくり。

「こんな部屋に憧れてたんです！」

「わ～、そう言ってもらえて嬉しいわ～。シーツやベッドカバーも新しくしちゃったのよ～」

そう言って、ベッドをひと撫でする香織さんはとっても楽しそう。

なんだか、少女みたい……。

「色々と……ありがとうございます」

私のために部屋を整えてくれたのかと思うと、素直に嬉しかった。

「机とかは古いけど、ちょっと我慢してね」

「全然大丈夫です！」

確かに少し年季が入ったような勉強机。

誰が使ってたんだろう……？

「着替えたら下に降りてきてね。ケーキを買ってきたから、一緒に食べましょ」

「はい」

ふふっとやっぱり少女のように笑った香織さんは、機嫌よさそうに部屋を出て行った。

私はカバンを下ろし、もう一度部屋の中をぐるりと見渡す。

なんだか楽しくなりそうだな。

さっきまで不安でいっぱいだったことなんて忘れ、鼻歌まじりに着替えを済(す)ませた。

「も〜、小春ちゃんったら〜」

「香織さんこそ〜」

そして、1時間もすれば私と香織さんはすっかり仲良くなっていた。

とってもお喋りが好きな人みたいで会話に詰(つ)まることもなく、一緒にいて気を使わせないというか、ほんとに気が楽で。

社交辞令(しゃこうじれい)かもしれないけど、「小春ちゃんが娘だったらよかったのに〜」なんて言ってくれて、すごく嬉しかった。

でも、ひとつだけ気になることがあった。

いるはずの男の子の姿(すがた)が見えないから。

「あの、息子さんがいるんですよね？」

「いるわよー。まだ学校から帰ってきてないけど」

「あっ、そうなんですね！」

もしかして、小学生なのかな？

てっきり、幼稚園生くらいかと思ってた……。

それにしても、今の小学生は帰りが遅いんだなぁ。

もうすぐ5時なのに。

もしかして、電車通学で帰りが遅いとか？

それとも習い事？

──ガチャ。

と、ちょうどそのとき、玄関のドアが開いた音がした。

「あっ、帰って来たわ」

香織さんがそう言って立ち上がるから、少し体に緊張が走る。

子供といっても、これから一緒に暮らすんだから、嫌われたくはないし。

仲良くなるために、プレゼントを用意していたんだ。

てっきり幼稚園生だと思ってたからミニカーにしちゃったけど、小学生でも喜んでくれるかな？

それを握りしめながら彼を迎えようとドアに注目する。

そしてドアが開いて見えた姿に、私は固まった。

え……ええっ……!?

それは相手も同じで。

「は？　お前、誰？」

私を見て、目を丸くしていた。

だって！

そこにいたのは！

「な、永瀬くんっ……!?」

私がもっとも苦手とする、クラスメイトの永瀬くんだったから!!

ど、どうして？

なぜ彼がここにいるのか、頭がついて行かない……。

「朔、この子が小春ちゃん。仲良くするのよ」

香織さんは、いたって当然のように永瀬くんに私を紹介するけど。

まさか。

「あっ、あのっ……」

立ち上がった瞬間、手に持っていたミニカーがぽろっと床に落ちた。

「この子が息子の朔。むさくるしいかもしれないけど、我慢してね」

息子さんって、高校生だったのっ!?

『男の子』ってお父さん言ってたよね？

そりゃ、男の子には間違いないけど……。

あの言い方だったら、小さい子って疑わないよ。

しかも、年頃の娘と同年代の男の子がいる家に居候なんてさせると思わないもん！

「小春ちゃん……？」

香織さんに声を掛けられて、ハッと我に返る。

パニックすぎて、意識が遠のきかけていた。

「そう言えば、ふたりは同じ高校なのよねっ」

知ってたなら、それを早く言ってください〜。

「朔、なにか挨拶くらいしたらどーなのっ！」

香織さんにそう言われると、永瀬くんは私にチラッと目を向けて。

「……どーも」

ひと言だけ冷たく放った。

ビクンッ！

まるで、全身の毛が逆立つほどの悪寒が走る。

永瀬くんと目が合ったのなんて初めてかも。

言葉を掛けられたのだって初めて。

「きょ、今日からお世話になりますっ……」

苦手だけど、立場上ムシするわけにもいかなくて。

カタコトになってしまったけど、なんとかそう口にした。

「ふふふっ……楽しくなりそうだわっ。さあ、夕飯にしましょ～♪」

いそいそとキッチンに向かう香織さんを目で追うと、視界の隅に映るのは、ペットボトルに口をつけている永瀬くん……。

これは……夢？

私、永瀬くんの家でお世話になるの……？

そんなのありえないんだけど!!!

楽しくなりそうだと思った瞬間、地獄に突き落とされたような気分だった。

「はぁ～」

『お風呂にどうぞ』と言ってくれた香織さんの言葉に甘えて、私は今、一番風呂に入らせてもらっている。

それでも、永瀬くんもこのお湯につかるのかと思うと、緊張は解けない。

できれば嘘だと言ってほしい。

夢であってほしい。

ここが、永瀬くんの家だなんて。

……あれから、3人で夕飯を囲んだけど、永瀬くんはやっぱり学校での永瀬くんそのもので。

私とは一度も目は合わず、ただ黙々とご飯を食べていた。

香織さんは一生懸命会話を振ってくれていたけど、なにを話したかよく覚えてない。

お母さんが、永瀬くんのお母さんと知り合いだったなんて、どれだけ世界は狭(せま)いんだろう。

それにしても、あんなに愛想がよくて可愛い香織さんの息子が、あんなに不愛想な永瀬くんだなんて。

似てるのは、キレイなところだけだよ。

お風呂を出て、家から持ってきたいつもの寝巻に着替えた。すこしモコモコ素材の半袖(はんそで)パーカーに、同じ素材のショーパン。

女の子の間で人気のお店で、雑誌で見てひと目惚(めぼ)れして買っちゃったんだ。

彼氏に大好評！なんてふれこみだけど、彼氏がいなくたって、可愛(かわい)い格好はしたいもんね。

けど……。

ここで着るのはまずいかな。

意識してるわけじゃないけど、なんとなくクラスメイトに万が一この格好を見られちゃったら恥ずかしいし。

週末、ちがう寝巻を取りに帰ろう。

そう思いながら２階へ上がって、自分の部屋のドアを開ける……と。

「……ぎゃあっ!!!!」

目に入った光景に、私は叫び声をあげてしまった。

だって、ベッドの上で永瀬くんが雑誌を読んでるんだもん!!

どうして私の部屋に永瀬くんが!?

「おいっ！　勝手に入ってくんなよ！」

ガバッと起き上がった彼は、すごい形相(ぎょうそう)で私を睨みつけた。

ひぃぃぃぃぃっ……！

これが噂の……！

私はまだお目にかかったことのない視線をまともに浴びて、ほんとに殺されるかと思った……って。

「えっ!?」

あわてて部屋の中を見渡すと、可愛らしいカーテンじゃなくて、とてもシンプルな内装が目に飛び込んでくる。

うそっ。

ここ、私の部屋じゃ……ない……？

永瀬くんの部屋!?

「……っ！　ごごごごごめんなさいっ……部屋を間違えましたっ」

全部同じ扉だったから、間違えちゃったんだ……。

私の部屋は、もうひとつとなりだったみたい。

すると、永瀬くんの視線がなぜか私にくぎ付けになっている。

ん？

「……っと、あわわっ……」

湯上り、濡れた髪、ショーパン……。

自分の姿を再確認して、変な日本語を発してしまう。

こんな姿を男の子の前でさらしちゃうなんて恥ずかし過ぎるっ。

「しっ、失礼しましたっ！」

あわててドアを閉めようとしたとき。

「何組」

雑誌に目を落としたまま、ぶっきらぼうに放ったのは私への問いかけに聞こえて。

「……は……い……？」

閉めかけた扉からそっと顔を出す。

「同じ学校とか言ってたけど、何組」

……っ。

「さ、３組です」

ドキドキしながらそう言えば。

「は？」

また冷たい視線を投げられる。

ひいっ!!!

だからこの視線は怖いって……。

「マジかよ」

ていうか永瀬くん、私と同じクラスなのを知らなかったみたい。

それほど女子に興味がないってことか。

女ギライなんだもんね。

「わかってると思うけど」
　バンッ！
　激しく雑誌が閉じられた。
　その音にさえも、びっくりして肩がビクンッと上がる。
「俺と同居してること、誰にも言うなよ」
「は、はいっ……」
「もちろん学校でも俺に話しかけるな」
「……はい」
「それから、俺の部屋には二度と入るな」
「……ご、ごめんなさい……」
　全て肝（きも）に銘（めい）じます。
　もちろん、必要最低限のこと以外、永瀬くんに関わりません……！
　そのあと無言になった永瀬くんは、再び雑誌を手に取った。
　もう出ていけってことだと思い。
「失礼しました……」
　私はそっと、部屋のドアを閉めた。

こんなの、拷問（ごうもん）です

　翌朝。
「う――ん、よく寝たあ～～」
　可愛らしいベッドの上で、私は大きく伸びをした。
　ふかふかのベッドのおかげで、初めての場所という緊張もなくぐっすり眠れたけど。
「あ……」
　そうだ、ここは永瀬くんの家だった……。
　彼の存在を思い出し、ずーんと胸が重くなる。
　そーっとドアを開けて廊下に誰もいないのを確認すると、さっと洗面台で顔を洗い、またそーっと部屋に戻った。
「ふー」
　これから私、毎日忍者（にんじゃ）みたいに行動しなきゃいけないのかな？
　髪の毛を整えて制服に着替えて下に降りると、香織さんはキッチンに立っていた。
「おはようございます」
「おはよう。よく眠れた？」
「はい、おかげさまでぐっすりと。あ、私も手伝います！」
　棚から食器を出そうとしていた香織さんに、手をのばす。
「そう？　じゃあお願いしちゃおうかな」
「はい、なんでも言ってください！」
　私はお客さんじゃないんだし、できることは何でもやらないと。
　こう見えて、私わりと家事は得意なんだ。
　普段からお母さんのお手伝いをしていてよかった。
「だったら、朔を起こしてきてくれない？」
「はいっ！　……っええええぇっ!?」
　ちょ、ちょ、ちょっと待って。
　朔を起こして……って、な、永瀬くんを!?
　そ、それはちょっと……。
「あの子寝起き悪くて困ってるのよ。どれだけアラームかけても起きなくて。でも遅刻したら困るし、起こさないわけにもいかないでしょ？」
「えっと……」
「きっと、小春ちゃんみたいに可愛い女の子が優しく起こしてくれたら一発で起きるわよ！」
　香織さん……。
　絶対そんなことないですから。
　それ以外ならなんでも手伝いますからそれだけは勘弁（かんべん）してください……！
　とは、居候の身ではやっぱり言えなくて。
「わ、わかりました……」
　仕方なく、私は今降りて来たばかりの階段をのぼった。
　そのとき、「あ、小春ちゃん！」と、香織さんが永瀬くんを起こすときの注意を伝えようとしていたことには気づかなかった。

はぁ……気が重い。

あれだけの冷徹人間の、悪い寝起きって、どんなふうになっちゃうのかな。

もしかして、めちゃくちゃ暴言を吐かれたりする？

そもそも、私が部屋に入る時点で怒られる気がするんだけど。

昨日、釘をさされたばっかりだし。

でも、香織さんの頼みだから仕方ないよね。

——コンコン。

「……」

ノックしてみるけど、ドアの向こうは無反応。

……今日に限って奇跡が起きて、もう起きてるなんてことはなかったか。

「失礼します」

一応、ちゃんと断ってからドアを開けて中へ入る。

白いカーテンからは朝陽が透けて、部屋全体を明るく照らしていた。

さらにカーテンの間から、光の線が顔の一部をダイレクトに照らすその様子は、まるでスポットライトが当てられているよう。

「キレイ……」

思わず、口から漏れた言葉。

だって、ほんとにキレイで。

永瀬くんは香織さん似なのかな。

女の子顔負けのキレイさに、自分がちょっぴりみじめになる。

　って、そんなこと考えてる場合じゃなかった。

　永瀬くんを起こすっていう最大の使命があるんだった！

「朝ですよ」

　そっと声を掛けてみるけど、ピクリとも動かない。

　……はぁ。

　寝起きが悪いっていうからには、こんなんじゃ無理だってわかってたけどね。

「起きてください！」

　声のトーンを上げても。耳元で叫んでみても。

　なにをしても起きる気配がない。

　どうしよう。一体この人、どうやったら起きるの？

　しょうがないから、揺(ゆ)さぶり作戦だ。

　触れるのは不本意だけど、しょうがないよね。

「起きてください！」

　指先を肩につけて揺さぶった時だった。

　永瀬くんの手が伸びてきたと思ったら、私の腕をガシッと掴(つか)んで。

「きゃっ……！」

　次の瞬間、私の視界は真っ暗になっていた。

　え？　え？　え？

　なに？

　一体なにがどうなってるの？

　ドクン……ドクン……と感じるのは……私のじゃない鼓(こ)動(どう)。

って。

　も、もしかして……ここは永瀬くんの胸の中!?

「ちょっと……！　離してっ！」

　そうと気づけばパニックになった。

　なんでこんなことになってるの……っ！

　ぎゅっと抱きしめられた体を左右に振って、脱出を試みる。けど、その力はすごく強くて抜け出せない。

　ちょ、なんなのっ……！

「永瀬くんっ……」

　悪ふざけはよしてっ……。

　でも、永瀬くんはなにを言うでもなく、規則(きそく)正しく上下する胸元。

　……はい？

　もしかして、このまま寝てるの……？

　……あり得ない。

「ちょ――――っと！」

　思いっきりグーで胸元を押すと。

「いてえっ！」

　ようやく目覚めたらしい永瀬くんの力が緩(ゆる)み、私はそこから抜け出すことが出来た。

　はーっ、はーっ……。

　朝から無駄な体力使った。

　おかげで整えた髪の毛はぼさぼさだし、息は切れてるし。

「はっ!?　誰だよお前！」

　そんな私に、永瀬くんはまるで化け物でも見るかのような目を向けてくる。

驚きに目を見張ったその顔は、学校でなんて決して見せない顔。

「ええっ!?」

誰、って言われても。

一晩寝て、私が居候してること忘れちゃったのかな。

「……ああ……お前か……」

そこでようやく思い出してくれたみたいだけど。

「何してんだよっ！　部屋に入るなって言っただろ！　ふざけんなっ！」

思った通り、怒り狂う永瀬くん。

「あ、あのっ……か、香織さんに起こしてくるように頼まれて……」

「……っ……信じらんねえっ……ったく、なんなんだよ」

そんな風に怒らなくたって……。

今、自分がなにしてたか覚えてないの？

寝ぼけてたにもほどがあるよ。

全身熱いから、私の顔は今真っ赤なはず。

それを見て、恐る恐る尋ねてくる永瀬くん。

「……つうか。俺……なんか、した……？」

しましたとも！

じーっと目で訴えると。

「はあああああ……」

永瀬くんは頭を抱えた。

え？

もっと怒られると思ったのに、すっかり気落ちしている様子に私のほうがあっけにとられる。

もしかして、自覚アリなの？

「悪い……」

頭をかきながら視線を外すその顔は、少し赤らんでいる。

「……っ」

そんな表情をされると、さっきのことをリアルに思い出しちゃって恥ずかしいんだけど……。

普段はじっくり見ることなんてない永瀬くんを観察する。

寝ぐせがすごい私とは違って、サラサラの髪には寝ぐせひとつついてないし。

くっきり二重は朝からカンペキ。

寝起きとは思えない整いように、思わずじーっと吸い込まれるように見入ってしまう。

事故だとしても、男の子に抱きしめられるなんて、生まれて初めてで。

不覚にも、ドキドキした胸は、いまだ鳴りやまない。

でも。

「……うん、大丈夫です……」

そんなに素直に謝られたら、私だってそう言うしかなくて。

「……とにかく、俺の部屋にはもう入んないで」

「わかりました……」

今のは一体何だったんだろう……。

混乱(こんらん)したまま、私は永瀬くんの部屋を出た。

あのあと香織さんから聞いた話によると。

永瀬くんは起きるとき、一番最初に手に触れたものを抱きしめるクセがあるみたい。

私に伝えようとして、伝えそびれたらしいけど。

それ、一番最初に言ってくれないと!!

「ごめんね～」

なんて、のんきに香織さんが笑うから、私も一緒になって笑ったけど、笑える話じゃないよ～。

女ギライな永瀬くんだって、私にそんなことしたくないよね？

「やっぱり小春ちゃんにお願いするのはダメよね。明日からは私が起こすわ」

そう言ってくれて、心底ほっとした。

「どうしたの？　難しい顔して」

昇降口でぼーっとしていたら、声を掛けられた。

「あっ、平井先輩！　おはようございます」

見上げれば、そこにいたのは平井紫苑さんといって、ひとつ年上の先輩。

私は慌ててぺこりと頭を下げた。

平井先輩とは去年、私が階段から落ちそうになったところを助けてもらったことがきっかけで、知り合ったんだ。

それからは、校内で会えばこうして気軽に声を掛けてきてくれるようになって、いまでも交流が続いている。

あとになって知ったけど、平井先輩は校内では超有名人で。

　私も初めて会ったときにドキッとしたけど、カッコよくて、見るからに硬派で凛としていて。

　当時は生徒会の書記を務めていて、それはもう女の子に絶大な人気を得ていた。

　今は生徒会の副会長になって、その人気はさらにあがってるんだ。

　こんな素敵な人が、私に声を掛けてくれるなんて今でも夢みたい。

「おはよう」

　今日も朝から爽やかな笑顔。

　永瀬くんとはタイプが真逆なのに、モテっぷりは一緒って、なんだか不思議だなぁ。

「そういえばさ、また子猫が産まれたんだよ」

「え、ほんとですか？」

　平井先輩はスマホのカメラロールを開き、画像を見せてくれる。

　平井先輩のおうちは猫のブリーダーをしているみたいで。

　以前も見せてくれて、その天使さに私はメロメロになっちゃったの。

　今では、平井先輩の家の猫ちゃんたちの大ファンなんだ。

　そこには生まれて間もない子猫が５匹映っていた。

「うわぁ〜可愛いっ!!!!」

　天使がいっぱいいる〜。

　存在自体が愛くるしくて、顔がふにゃふにゃしてきちゃう。

　どんな生き物でも、赤ちゃんは全人類を優しくしてしまうんじゃないかな。

「でしょ？」

　そう言われて顔を上げれば、ニコニコとほほ笑む平井先輩の顔があって。

　わわわっ、なんか恥ずかしい。

　私、バカみたいににやけてなかったかな？

　と、ふと視線をその先にむけると。ちょうど永瀬くんが登校してくるのが見えた。

　――ドクンッ。

　今朝のことがよみがえって、体が一瞬で熱くなる。

　ギュッと抱きしめられた胸……。

　あんなのもう、忘れるんだっ。

　ぶるんぶるんっ。

　ギュッと目を瞑（つぶ）って頭を振る。

「ん？　どうしたの？」

「へっ……」

「今度は熱？」

　平井先輩は、私のおでこに手を当てた。

「わわっ」

　ひんやり冷たい手のひらが、熱を吸収していくのがわかる。それくらい、私の顔は今赤いってことだ。

　でも今は平井先輩に触れられて、更に熱くなっていく。

──と、何かに引き寄せられるように顔を上げれば。

「……っ」

永瀬くんと目が合ってしまった。

えっ……。

サッと目をそらし、何事もなかったかのように通り過ぎて行くけど。

なんで今、こっち見てたの？

昨日までだったら、私なんて永瀬くんの眼中に入ることもなかったはずなのに。

しかもこんなところを見られちゃって、タイミング悪いなあ……。

なんだか、調子狂う。

【朔side】

今日も疲れた。

また危うく告白されそうになったから、うまく逃げてきたんだ。

同じクラスになったこともなければ、話したこともない女。

ほんと女って、男の外見しか見ねえ醜(みにく)い生き物だ。

家のドアを開けると、カレーのいい匂いが俺を出迎えた。

近所中にうまそうな匂いが漂(ただよ)っていたから、うちだったらいいなと思っていたんだ。

「お帰り〜」

２階への階段がリビングにあるため、自分の部屋に行くには家族の前に顔を出さなくてはいけない。

結構めんどくさい。

「ただいま」

母親の陽気な声にぼそぼそと返事をしながらリビングに入ると、もうひとつ、声が聞こえてきた。

「お、お帰りなさいっ」

……っ。

忘れてた。コイツの存在を……。

なぜかエプロン姿の相沢は、少しおどおどしながら俺に向かって挨拶してきた。

俺はサッと目を逸らし、そのまま階段をのぼる。
『しばらく女の子を預かることになったから』
母親からそう言われたのは少し前のこと。
姉貴のせいで、女に拒絶反応を持っていることを知っている母親は。
『大丈夫よ。朔が心配しているような子じゃないから』
そんな風に言うから、きっと子供だろうと思っていた。
いくらなんでも、子供に対して尖った態度をとるほど、大人げなくはないからな。
けど女子高生、しかもクラスメイトって、なんだよ……。
あり得ねえだろっ!?
しかも、俺は相沢のことなんてまったく知らなかった。
あのとき、もっと突っ込んどくべきだった。
そしたら、なにがなんでも拒否したのに。
向こうも俺を見て、驚いたような顔をしていた。
相沢が去ったリビングには、なぜかミニカーが落ちていた。
もしかしたら相沢も、俺が子供だと思ってたのかもしれねえ。
そうだよな。
同じ年の男がいるなんてわかってたら、普通来ねえよな。
……相沢だって、そこらの女と一緒で、俺に媚を売ってくるんだろ?
めんどくせえ。
適当にあしらって、学校と同じように無視していればいいんだと心に決めた。

　それにしても、初日からやらかしてしまうとは、俺も不覚だった。

『目覚めの抱きしめ』

　これも姉貴のせいだ。

　俺を起こしに来るとき「可愛い～」なんて抱きしめながら何年も起こされ続けた結果。

　最初に触れたものを無意識に抱きしめてしまうクセだけは、どうしても治らない。

　人間じゃなくても、ぬいぐるみやモノでも同じだ。

　ただ、心得てる母親は、いつもうまくかわしてるって話だが。

　何年も訓練してそうなったものの、相沢がかわせるはずないよな。

　中学の修学旅行でも、同室の男子にやらかしてしまい、しばらく笑いのネタにされた。

　とにかく。

　今後一切、相沢を俺の部屋に立ち入らせないようにすればいい。

「朔～、ごはんよ～」

　呼ばれて下へ降りると、ダイニングテーブルにはカレーとサラダとスープが並んでいた。

　グーっと腹が鳴る。

「見て見て！　これ全部小春ちゃんが作ってくれたのよ！」

「全部じゃないですよ。香織さんも一緒に手伝ってくれたじゃないですか」

　べつに誰が作ったとかどうでもいいし。

　とにかく腹が減っていた俺は、いただきますもそこそこにスプーンを手に取りカレーを口に放り込む。

「……」

　思わず、手と口が止まってしまった。

　家で食べるカレーなんてどれも同じだと思っていたが。

　俺が小さい頃から食べてきたカレーの味とは全く違った。

「あのっ……」

　動きを止めた俺に、不安げに声をかけてくる相沢。

　うまい。

　めちゃくちゃうますぎるだろ、これ。

　店で出しても金取れるレベルだと思う。

　だけど、そんなこと口が裂(さ)けてもいえない。

「……べつに」

　なんて興味のない口ぶりで答えたが、サラダもスープもすごくおいしかった。

「ごちそうさまー。とーってもおいしかったわ。ねえ、朔？」

「べつに、ふつー」

　うまかった、なんて恥ずかしくて言えるか。

　学校でのキャラのせいもあり、そう言うしかない。

「こら朔っ！　小春ちゃんごめんね〜、愛想のない子で」

「全然大丈夫ですっ」

　同じクラスなら俺のこの反応は当然のことらしく、

ショックを受けてる様子もない。
「でもほんとにおいしかった。また作ってもらいたいわ〜」
「いつでも言って下さい。料理は好きなので」
「そうなの？　じゃあ時々お願いするわね」
「はい！」
　腕をまくり元気よく答える相沢。
　社交辞令には聞こえない。
　ふーん。
　ほんとに普段から料理してると思わせるその言動。
　そういう女子っているんだな。
　学校の女子たちは、爪(つめ)を長く伸ばしてネイルしているヤツが多い。
　キラキラしたのをいっぱいつけて、絶対料理なんてしてねーだろって爪。
　逆に、その爪で料理されても食いたくねえけど。
「じゃあ、皆さんの好き嫌いとか聞いておきたいんですけど」
　本気なのか、早速尋ねる相沢。
　相沢の爪は、短く切りそろえられていて、ネイルもついてない。
「そうね〜、朔はハンバーグが大好物なのよね」
「はっ!?　好きじゃねーし」
　爆弾発言をする母親に、俺は声を荒げた。
　ハンバーグって、小学生じゃねえんだから！
　女子の前でカッコつけたいとか、微塵(みじん)も思ったことはないのに、急に恥ずかしさがこみ上げてきた。

「なーによー、急にカッコつけちゃって。ほんとのことでしょー」

「……っ！」

……まあ、否定はできねーけど。

「それから、朔はにんじんが苦手なのよ」

「おいっ！」

またしても、たまらず声をあげる。

んなことバラしてんじゃねえよ。

変に身体が熱くなってくる。

「わかりました。永瀬くんの好きなものはハンバーグで、苦手なものはにんじんですね」

相沢は、俺にチラッと視線をやって、確認するように元気に言った。

だから繰(く)り返すなっての！

「やだ小春ちゃん、永瀬くんなんて他人行儀(たにんぎょうぎ)な呼び方じゃなくて、朔でいいわよ～」

しかも、んなこと言いやがるし。

他人だろうが！

「えっ？　あのっ、でもっ……」

相沢はおどおどしながら俺を見る。

「朔もよ。小春ちゃんのこと、小春ちゃんて呼びなさいよ」

「んっ、ごほっ……！」

お茶が喉につまってむせた。

呼ぶかよ！

「ねえ小春ちゃん、いいわよね？」
　俺の気も知らない母さんは、相沢にまで同意を求めるが……。
「は、はぁ……」
　相沢は、チラッと俺に顔を向けて……目が合うとサッと逸らした。
　……なんだ？　そのビビりようは。

　メシを食い終わって風呂に入り、部屋に戻った俺。
　すぐベッドに寝転び、天井を目に映す。
　壁一枚隔てた向こうにクラスメイトがいる。
　そう思ったら、なんだか不思議な感覚だ。
　女に興味はないが、家族以外の女が家にいるっていうのは落ち着かない。
　昨日からの相沢を思い出す。
　夜も母さんの手伝いをしていたし、朝だって当たり前のようにキッチンに立っていた。
　俺からすれば、不思議な光景だった。
　姉貴は、そんなことしたことなかったからな。
　まあ。
　居候の身だから仕方なくやってんのかもだけど。
　相沢も俺に媚を売ってくる部類の奴かと思ったら、そうでもないみたいだ。
　さっきも、ビビってたし。
　もしかして、俺を油断させる作戦か？

とにかく、家でのあれこれをバラされたらたまんねえし。
もっと釘を刺しておくか。
……そんなことを考えていたら、いつの間にか眠りに落ちていた。

LOVE♡2

超難題、任務

翌朝——。

香織さんが「今から朔を起こしに行くからおいで」って茶目っ気たっぷりに言うから、ついて行った。

その手には、なぜかフライパンとおたま……？

永瀬くんには、もう部屋に入るなって言われたけど、これは香織さんの指示だから仕方ないよね！

開き直って部屋に入ると、それはそれは気持ちよさそうにスースー眠っている永瀬くん。

目を開かなきゃ、王子様みたいなんだけどなぁ。

「ほら朝よ、起きなさ～い！」

香織さんが永瀬くんに近づいて、耳元でそう叫んだと思ったら。

バシーン!!!

フライパンの底をおたまで叩いたのだ。

「うわあっ！」

永瀬くんは弾かれたように飛び上がり、一気に目覚めた。

わわっ……！

すごい!!

その漫画みたいな光景に、私唖然。

さすが、香織さん。

長年永瀬くんの寝起きと格闘してきただけのことはあるなあ。

でも、これなら永瀬くんに触れずに起こせるし、私にも出来るかも!?

「これね、必殺フライパンの術っていうの」

「香織さん、すごいです!」

得意げにフライパンを掲げた香織さんに、私、思わず拍手。

「ああっ?」

すると私の声が聞こえたからか、ベッドに乗ったままの永瀬くんが、不機嫌そうに眉をひそめた。

わっ。

香織さんの影に隠れていたのに、見つかっちゃった。

「ご、ごめんなさいっ」

学校で見るよりも恐ろしいその瞳に、私はそそくさと部屋を出て行った。

……あとで怒られませんように!

今朝のメニューは、香織さんお手製のフレンチトースト。

あとは、目玉焼きにサラダにフルーツ。

「わ〜、このフレンチトーストすっごくおいしいです!」

朝からこんなおいしいご飯が食べられるなんて幸せすぎるな〜。

うちはいつも白米にお味噌汁だったから、洋食の朝食はすごく新鮮。

「嬉しいわ〜。朔ったらそういうことなーんにも言ってくれないから」

「ホテルの朝食みたいですよね」

「やっだ〜小春ちゃん、べつに普通の朝ごはんよ〜」
　なんて言いながらも、香織さんはすごくうれしそう。
「だよな、フツーだよな」
　そこへ、不穏(ふおん)な声を挟(はさ)んでくる永瀬くん。
「ふんっ、ギリギリまで寝てる人に言われたくありませんー」
「うるせーよ」
「はあっ？　ありがたいと思いなさいよねー」
「はいはい。感謝してます」
　永瀬くんは、学校では女子と話さないわりには、お母さんとは普通に喋っている。
　それに、男子に抱いていたイメージとちょっと違う。
　女の子にはいい顔して、お母さんには反抗的……な人が多いと思っていた。
　永瀬くんも、お母さんには反抗的だけど、悪意のあるものじゃないし。
　ふふふ。こういうのっていいな。
　密(ひそ)かに笑っていると。
「……なんだよ」
　尖った瞳でにらまれた。
「な、なんでもないですっ」
　私は、肩を縮(ちぢ)こまらせながらあわてて顔を正す。
　いまいちまだ、永瀬くんの取り扱い方がわからないんだよね……。
　とにかく、私は“女”ってことで、嫌われてるのは間違いなさそう。
「じゃ、行ってくる」
　私が半分も食べ終わらないうちに、永瀬くんは席を立った。
　えっ、もう？
　見ると、永瀬くんはすでに食べ終わっていた。
　さすが男の子は食べるのが早いなあ。
　私の方がずっと早く起きてるのに、先に行かれちゃうなんて、なんか納得いかない。
「どうせ同じところに行くんだから、一緒に行けばいいのに～」
　のん気に笑う香織さんの言葉にドキッとした。
　香織さんそれはナイデスヨ……と思ったのは、私だけじゃなかったみたいで。
「はあっ？　ふざけんなって」
　なんでコイツと、と言わんばかりに目を剥(む)いて反論する永瀬くん。
　うっ……、そこまで勢いよく否定されると地味に傷つく。
「照れなくてもいいのに～」
「誰がっ……」
　永瀬くんは呆れたように言うと、カバンをひっつかんで玄関を出て行ってしまった。
　――ガチャン！
　大きな音を立てて扉が閉まった。
「も～、朔ったら～」

「女子と一緒に登校なんて、恥ずかしくて出来ないですよ」
　まだプリプリしている香織さん。
　私は急いで永瀬くんをフォローする。
　これから毎朝言われたんじゃ、私の心臓にも悪いし。
　話しやすいフレンドリー男子ならともかく、私のほうがムリだって。
「そんなもんなのかしらね～？」
　香織さんは、首をかしげながらコーヒーをすすった。
　そして、独り言のようにつぶやく。
「やっぱりお姉ちゃんの影響よね～」
「え？　お姉さん？」
「そう、朔には７つ上のお姉ちゃんがいるの。あ、もう社会人でこの家は出て行っているんだけどね。朔は、小さいころからお姉ちゃんのおもちゃだったのよ。女装させられたり、いい様に使われてたわ」
　そのときのことを思い出したのか、くすっと笑う香織さん。
「ええっ？　そうなんですか？」
「だから、女の子に対してはかなり警戒心（けいかいしん）強いんじゃない？」
「はい！　その通りです」
　女ギライなのは、お姉さんの影響だったのか……。
　てっきり、永瀬くんはひとりっ子だと思っていた。
　私の部屋の机が年季入っているのも……お姉さんが使ってたからなんだ。

「あっ、もうこんな時間！　私も行ってきます」
　時計を見れば、もう家を出る時間になっていた。
　私は食器を片付けて、カバンを肩に掛ける。
「気をつけてね。はいこれ、お弁当」
　そう言って手渡してくれたのは、ピンク色のバンダナに包まれたお弁当。
　私は、お辞儀（じぎ）をしてから受け取った。
　昨日も作ってもらっちゃって申し訳なかったな。
「ありがとうございます。あの、明日からは自分で作りますね」
　そんなことまでしてもらうわけにはいかないし、そう言ったんだけど。
「いいのよいいのよ～。朔の作るついでだし、１個も２個も変わらないでしょ？」
「でも……」
「いいのいいの、あっ！」
　そのとき、私の言葉を遮（さえぎ）るように、香織さんが大きな声で叫んだ。
　びっくりして、思わずお弁当を落としそうになっちゃう。
　香織さんってば、リアクション大きいし、百面相（ひゃくめんそう）しているみたいで面白いんだよね。
「朔ってばお弁当忘れてるじゃない！」
　えっ？
　見ると、キッチンカウンターの上に青いバンダナに包まれたお弁当がひとつ取り残されていた。

永瀬くん、慌てて出て行ったから忘れちゃったんだ。

うちの高校は公立だから学食なんてないし、男子もみんなお弁当を持参している。

すると、香織さんはあり得ないお願いをしてきた。

「小春ちゃん、悪いんだけど朔のぶんも一緒に持って行ってくれる？」

「えっ」

そ、それは無理なお願いかと……。

朝起こすのに匹敵（ひってき）するくらい難しいと思う。

「よろしくねっ！」

それでも特大のスマイルつきで渡されて、私はため息とともにうなずくしかなかった。

居候の身だし、そもそも同じ学校なんだし、当然のことなのかもしれないけど。

けど、けど！

目を合わせるのも怖い永瀬くんに、どうやってこのお弁当を渡せっていうの!?

「はぁ……」

学校に着いてからも、私はずっとため息が止まらなかった。

今は３時間目。

だけど、まだ永瀬くんにお弁当を渡せていないから。

結局朝学校へ着いたときに渡すタイミングを逃して、ここまで来てしまった。

リミットは、あと１時間。

「どうしたの、ため息なんてついて」

観察力が鋭い蘭子ちゃんが、そんな私を見逃すはずもなく。

「な、なんでもないよっ」

「あやしー」

真希ちゃんまでっ。

でも、永瀬くんと同居していることはヒミツだから、ふたりにも、詳しくは言えない。

「き、期末テストもうすぐだなーって思って」

とっさに口から出たそれは嘘じゃない。

７月に入ったらすぐにテストが待っている。夏休みが来るのは嬉しいけど、テストのことを考えたら憂鬱（ゆううつ）だよ。

私、そんなに勉強は得意じゃないし。

はっ……！

今気づいたけど、今年の夏は永瀬くんの家で過ごすことになる……ってことは、顔を合わせる時間も多いってこと!?

それは厳しいっ……！

「ねえっ、夏休みいっぱい遊ぼうね！」

だから、ふたりと遊ぶ約束を入れておかなきゃと思ったんだけど。

「あーごめん。私はこの夏がっつり稼ぐ予定で、バイトのシフトたくさん入れちゃったんだよね」

真希ちゃんがそう言えば、

「私は毎年、夏は親戚の別荘で過ごすことにしてるの」
　と、蘭子ちゃん。
「えー、そんなあ」
　ってことは私、夏休みの間、遊ぶ友達いないの!?
　ガックリと肩を落とす。
　はぁぁぁ～、夏休みは朝から図書館に入り浸り(びた)りになるかも……。
「でもさ、小春は夏祭りっていうビッグイベントがあるんだから！」
　ポンポンと真希ちゃんに肩を叩かれれば、私は一気にテンションが上がった。
　そうだ！
　８月に地元で行われる夏祭り。
　毎年行っているけど、今年は特別なの。
　６歳のときに、お母さんの友達と一緒に出掛けて、友達の娘で同い年の『サキちゃん』っていう子と仲良くなったんだ。
　地元の子じゃないから、会うのも初めてで。
　前の日の晩からうちに泊まって、同じお布団で寝て。
　サキちゃんと一緒にいると、居心地が良くてすごく楽しかった。
　夏祭りを楽しんだ後は、帰りたくないって駄々(だだ)をこねてママたちを困らせちゃったっけ。
　そしたら、サキちゃんが『10年後の夏祭りでまた会おうよ』って言ってくれたの。

忘れもしない大切な約束。

その10年後っていうのが、今年なんだ。

「気づいたらもう１ヶ月後じゃん！」

あれだけ楽しみにしていたのに、最近バタバタしてたからすっかり頭から抜けちゃってた。

10年越しの再会なんて、まるでタイムカプセルを開けるみたいにワクワクするよね。

サキちゃんは、さぞかし美人に成長してるんだろうなぁ。

サキちゃんは射的(しゃてき)がすごく上手で、取った指輪を私にくれたの。

おもちゃにしては、オシャレですごく可愛くて。

高校生になってから、いつも小指にはめている。

「ねえ見て！　可愛いでしょ！」

じゃーんと２人の前に手を広げて指輪を自慢する。

また始まった……と言わんばかりの真希ちゃんは。

「なんで10年後だったんだろ」

首をかしげ、

「そうよね、来年とかならともかく」

蘭子ちゃんもあごに指をあてる。

私の話はスルー!?

……まぁ、もう何回も聞かされてるから耳タコだよね。

確かに、どうして10年後だったのかは、私も記憶があいまいなんだ。

「10年後に俺が迎えに来る、とかならまだわかるけどさ～」

「うわっ、キザすぎない？　そんな幼稚園生いやよ」

「それもそっか」
「それに、女の子でしょ？」
「ちょっと――――」
　好き勝手言うふたりに、私はぶう……とふくれる。
　サキちゃんで遊ぶのやめてよね！
「でも、そんな約束覚えてるかしらね？」
　蘭子ちゃんが自慢の黒髪をさらりと払いながらそう零せば、私の胸も不安に揺れる。
　ううっ。
　それが一番心配なんだよね。
「覚えてるって！　だって、私が覚えてるんだから！」
　勢いよく言えば、ふたりは私をしばらく無言で眺めて。
「「そうねえ」」
　と、ハモッた。

　キーンコーン……。
　お弁当を渡せないまま、ついに４時間目が終わってしまった。
　女子とは違って机をくっつけることはないけど、永瀬くんの周りにも、数人の男の子たちが集まる。
　永瀬くんの一連の動きを目で追っていると、カバンの中を覗き込んで、「あっ」って顔をした。
　やっと、お弁当を忘れたことに気づいたみたい。
　そう！　入ってないの！　気づいて！　こっち向いて！
　……と、念を送っていると……チラッと顔をこっちに向けた永瀬くん。

その瞬間、私は永瀬くんのお弁当箱を一瞬掲げた。

すると、すっと席を立った永瀬くんは、廊下へ出て行く。

えっ？　どういうこと？

「お腹空(す)いたね～」

真希ちゃんと蘭子ちゃんが私のところに来て、近くの机をくっつける。

でも私は、

「先に食べてて！」

ふたりにそう言い残し、教室を飛び出した。

永瀬くんは、手をポケットに突っこんだまま廊下をスタスタと歩いて行く。

その間も、そんな姿を遠巻きにぽーっと眺める女の子たち。

相変わらずすごい人気だなぁ……。

そして、その視線を感じないかのように歩く永瀬くんもすごい。

お弁当を持って後を追いかける私はまるで不審者。

足が長いからなのか、歩くスピードが速くて、それについて行くのに必死。

これで、トイレにでも入られたらシャレにならないよね。

……と、永瀬くんは階段を上がっていく。

もしかして、購買にパンでも買いにいくの？

でも、さっき絶対気づいたよね？

仕方なく私もそれに続くと、屋上へ続く階段を上がっていく。

え？　どこに行くつもり？

私は周りに誰もいないのを確認して、そのあとを追う。

見失っちゃったら困るし、タッタと駆け上がり踊り場を曲がると。

――ドンッ。

「うわっ！」

黒い塊にぶつかってしまった。

いたたた……と鼻の頭を押さえると、頭の上から声が降ってきた。

「その弁当、俺のだろ」

……その塊は永瀬くんだった。

曲がったすぐのところで、こっちを向いて立っていたのだ。

わわっ。

私より１段上にいるから、より永瀬くんが大きくみえて、びくっと身構える。

「えっと……こ、これ……」

私が追いかけてきてたのはわかっていたんだ。

恐る恐る手渡すと、「ん」と言って受け取った永瀬くんは。

「さんきゅ」

それだけ言って、階段を下りて行った。

……はぁっ……。

寿命が縮まるかと思った……。

こうして、特別任務は無事に完了したのでした。

「ただいま帰りました」
　家に帰ると、香織さんがリビングで慌ただしそうにスーツケースに荷物を詰め込んでいた。
「あっ、小春ちゃんお帰り」
　顔だけあげて、返事をする香織さん。
　なんだか、旅行の準備でもしているように見えるんだけど……。
「あの……どうかしたんですか？」
　声を掛けると、香織さんはものすごく困ったように眉根(まゆね)を下げた。
「実はね……おばあちゃんが体調を崩(くず)して入院することになっちゃったのよ」
「ええっ!?　それって、大変じゃないですか！」
　詳しく話を聞くと、他県に住む香織さんのお母さんが、急に入院することになったみたい。
　いまはひとり暮らしをしていて、他に面倒を見てもらえる人もいないらしく。
「ってことで、しばらくお世話しに行かないといけなくて」
　えっ、それって……。
「でね、本当に悪いんだけど、しばらくは朔とふたりで生活してもらうことになっちゃうのよ……」
「……！」
　驚きで、一瞬言葉をなくす。
　私と永瀬くんがこの家でふたりっきり!?

いやいや！　そんなのムリだよ！

「ほんとにごめんねえ……」

でも、香織さんのお母さんの緊急事態。

行かないでくださいなんて言えるわけないし。

どうしたらいいの!?

「ただいま……って、なにしてんの？」

そこへ永瀬くんも帰ってきて、私と同じように疑問をぶつけた。

「あ、朔。おかえり。実はね……」

私に伝えたのと同じことを説明する香織さん。

「えっ……」

当然のように、絶句する永瀬くん。

直立不動で固まっている。

……だよね。私とふたりきりなんてあり得ないよね。

ただでさえ女子が苦手なのに。

「じゃ、じゃあ……私、家に戻ります！　もともとひとりでも平気だと思ってたんで！」

うん！　それがいい！

っていうか、それしかないよね？

「そんなのダメよ！　小春ちゃんは、今は私が小春ちゃんのご両親から預かっているんだから。それに、おうちは水道も電気も止まってるから住めないのよ」

そんなぁ……。

「女の子のひとり暮らしなんて危ないに決まってるわ。朔でも、いないよりいた方が少しはマシだと思うの」

「マシってなんだよ」

永瀬くんは、ことの重大さに気づいてないの？

突っ込むとこ、そこじゃない気がするんだけど。

でも、永瀬くんがそんなの承知（しょうち）するわけないもんね。

水道や電気なら、業者さんに頼めばなんとかなるはずだし。

そう思っていると、永瀬くんのあり得ない声が聞こえてくる。

「ま、そーゆーことならしょうがねえよな」

ドカッと床に座り、香織さんの荷造りを手伝い始めたのだ。

ええっ？

……本気で言ってるの？

外では女ギライを発動しているけど、お姉さんがいるわけだし、実は結構慣（な）れててそんなにイヤってわけでもないとか……？

「小春ちゃん、ごめんね。なるべく早く戻って来れるようにするから」

永瀬くんがいいって言うなら、私にイヤなんて言う権利もなくて。

「は、はい」

そう言うしかなかった。

――翌日。

香織さんは午前中の新幹線に乗るらしく、私たちが起きたころにはすっかり出かける準備が整っていた。

それを見て、いよいよふたりきりの生活がリアルに思えてきた。

ということは、明日から永瀬くんを起こすのは誰……？

ブルルルルン。

考えるのはやめよう。

首をふって、意識をここに戻す。

「当面の生活費はこのお財布(さいふ)に入れてあるから使ってね。小春ちゃんのおうちからも生活費を預かってるんだから、ここのお金は遠慮(えんりょ)なく使っていいのよ」

「はい」

「夕飯は適当に買ったり、デリバリーを頼んでもいいし。食べることだけはしっかりしてね」

「料理は得意なんで任せてください。あと、家事も自信ないですけど、頑張ります！」

「まあ、なんて頼もしいの！　朔、小春ちゃんばっかりにやらせないで、アナタも手伝いなさいよ」

「わかってるって」

「じゃあ、仲良くやってね！　また連絡するから」

そう言うと、香織さんは慌ただしく出かけてしまった。

ふたりきりの、夜。

【朔side】
「夏休み、彼女と旅行に行くことになったんだよ」
「マジかよ！」
「うらやまし～！」
　退屈な授業から解放されて、束の間の休み時間。
　新太の発言に、仲間がわっと盛り上がる。
「親には内緒なのか？」
「いや、彼女の親戚が伊豆で民宿やってて、彼氏連れて遊びに来いって言われたらしいんだ」
「家族公認かよ！　やるなあ！」
　ダチとの会話は、女の話ばっかり。
　彼女がいるくせに、何組の誰が可愛いだの、胸がデカそうだの。
　どいつもこいつも、ヤルことしか頭にねえ。
　女も女なら、男も男だ。
　16歳にしてこんな達観したような俺もどうかと思うが、恋愛のすべてを姉貴でひと通り見てきた俺には、自分がその主人公になることがまったく想像できないんだ。
「おい朔、いい加減彼女くらい作れよ」
　この流れ、いつものパターン。
「お前なら秒で彼女できるだろ」
「選び放題だしな！」

　好き勝手言いやがって。
「でもマジ、彼女欲しくねえの？」
　俺の肩に手を乗せる新太が、哀れんだ目で俺を見る。
「５組の高野さん、めっちゃ性格いいらしいぞ。見た目も文句ないしな！　もうあの子でいいじゃん！」
「ムリ」
　５組の高野って誰だよ。俺にコクってきた女は、名前どころか顔だって覚えてねえ。
「あんな子に想われてなびかないなんて、男じゃねえって」
「見た目これで初恋もまだとか、天然記念物もんだろー」
「うるせえ」
　寄ってたかって俺をネタに笑うダチ。
　マジでその目をついてやろうかと思う。
　初恋……か。
　思い出すのは、遠い記憶。
　もうぼんやりとしか覚えていないが、俺にだって女の子と一緒にいてドキドキした瞬間があった。
　あれは初恋だったんだろうか……。
　あとにも先にも、あんな感情を抱いたことはない。
「この間、彼女んちでさ～……」
　そんな会話にも飽き飽きして、ふと教室の隅に目を向ければ。
　相沢が大きく身振り手振りで、話している姿が目に飛び込んできた。
　相沢って、金子と石黒と仲がいいのか。

金子とは同じ中学だったし、石黒は男子の中でもなにかとウワサである意味目立つ。

だが、その影に隠れている相沢の存在は知らなかった。

相沢だって俺の前で媚でも売ってくるんだろうと思っていたが、今のところ、俺にまったく興味なんてなさそうだ。

よそよそしいし、避けられているのかとさえ思う。

俺って、嫌われてんのか？

普段は見られることがイヤでたまらないのに、そんな態度を取られると気になるなんて、矛盾しているのはわかってる。

なにを話しているのかわからないが、相沢はムキになっている。

金子と石黒はそれを軽くあしらっている感じだ。

間違ってもリーダー的存在じゃないな。どちらかと言えば、いじられキャラなのかもしれない。

そんな相沢が俺のことを避けるなんて。

……生意気。

「なんか面白いもんでもあんのか？」

「は？」

「すっげー、意味ありげに笑ってたけど」

どんな顔してたんだよ、俺。

新太に指摘されて、確かに緩んでいた顔をもとに戻した。

放課後は新太に誘われゲーセンに寄り、家に帰るころにはもう日が暮れていた。

玄関に鍵を差し込むと、手ごたえもなくするりと回った。

扉を開けると、黒いローファーが隅っこの方にきちんとそろえられている。

……今日から相沢とふたりきり。

女とふたりきりなんてあり得ないが、相沢なら害はなさそうだ。

２日暮らしてみてそう思えたから、承諾（しょうだく）したんだ。

俺に色目を使うような女なら、すぐにでも自宅に帰ってもらってただろうな。

それにしても鍵もかけねえで、不用心だな……。

家の中は薄暗（うすぐら）く静まりかえっていて、人の気配がしない。

自分の部屋にこもってんのか？

ほんの少し開いたリビングからは、青白い光が漏れていた。

なんだ？

ほんの少し開いた扉をそっと押すと……。

「……っ」

相沢が、ソファに座ってテレビを見ていた。

「ぐすん……ぐすん……」

泣いてるのか……？

鼻をすすりながら、目元を指で覆（おお）っているように見える。

胸がドクンと跳ねた。

電気も付けないで、テレビに見入って泣いてるって……。

姉貴のそんな姿は見たことねえ。

切なそうな表情で画面に釘づけになっているその横顔から、なぜか目を離せなくなる。

胸の奥を掻(か)き立てられるような不思議な感覚が俺を襲(おそ)って。

──と、ミシッと床が鳴ってしまい、相沢の顔がふとこっちに向いた──瞬間。

「きゃあああああああっ〜〜、ど、どろぼ────!」

バフンッ!!!

俺の視界は真っ暗になった。

「ごっ、ごめんなさいっ」

あかりのついたリビングで、相沢は俺に向かって平謝りする。

突然現れた俺を見て、泥棒(どろぼう)だと勘違(かんちが)いした相沢は、ソファにあったクッションを俺めがけて投げてきたのだ。

とんだ災難(さいなん)だ。

「つうか、鍵くらい閉めとけよ」

「永瀬くんが帰ってくると思って……」

「俺も鍵持ってるし自分で開けて入るよ。ほんとに泥棒が入ったら困るだろ」

少しいやみを含ませて言うと、相沢はもともと小さい体をさらに小さくした。

「ほ、ほんとにすみません……」

まるで、ヘビに睨まれたカエル状態だ。

「だ……大丈夫ですか……?」

いつまでも顔に手を当てていると、恐る恐る俺に近づいてくる。

まさかクッションを投げられるとは思ってもみなかった。

大人しそうな顔して、結構やること大胆なんだな。

「いってえ」

ウソだけど。

相沢の反応が面白いから大げさに痛がってみる。

驚いたのは事実だけど、こんなんで痛いわけないだろ。

でも、見かけによらず、けっこうな馬鹿力だった。

「ああ、マジやべえ……」

「ごめんなさいぃぃぃ……」

大げさに顔をしかめると、今にも泣きそうになる相沢。

つうか、さっきまでテレビを見て泣いていたから、すでに目や鼻は真っ赤。

ふっ。

コイツ、からかったら面白いタイプだな。

いじられキャラなのもわかる気がした。

「つーのは、ウソ」

「えっ?」

「こんなんで痛いわけないだろ。蚊にさされたようなもんだよ」

頃合いをみて表情を戻し、ソファに腰かけると。

「ちょっ……!」

一気に顔色を変える相沢。

学校で見た姿と同じだ。

ムキになって、顔を真っ赤にさせる。

「永瀬くんっ、さすがにそれはひどいですっ……。だますなんて……」

石黒や金子にも、こうやってからかわれてんだろうな。

でも、そうしたくなるのもわかる気がした。

雰囲気が小動物みたいなんだよな。

動作がちょこまかしてるし。

男に媚(こ)びたりするタイプじゃないことは確かだ。そんなこと、器用に出来ないタイプだと勝手に想像する。

「それよりメシどうする？　コンビニでなんか買って来るけど」

もう７時。

今から作るんじゃ大変だしそう言うと。

「私作りますよ！　学校帰りにスーパーに寄って来たんで」

「え？」

「今日は、永瀬くんの大好物だというハンバーグです」

いそいそとキッチンへ向かい、エプロンをつけながらにこりと笑顔を見せた相沢。

……っ。

思わず、目をそらした。

「……べつに、大好物とは言ってねーし」

今までオドオドして目も合わせてこなかったのに、急にそんな顔見せんなって……。

「ついテレビに夢中になっちゃってごめんなさい。お風呂の用意は出来てるんで、ご飯作っている間に入ってきちゃってください」

包丁がトントンとリズムを刻むなか、声を掛けてくる。

……そうだ。

コイツと今夜からふたりきり……。

そんな言葉が、それをリアルに感じさせ、体に緊張が走った。

わけもなく、ごくりと唾をのむ。

「あ、ああ……じゃあそうする」

なんだか調子狂うな……。

風呂場には、見慣れないシャンプーが置かれている。

母さんが相沢のために用意した物。

女の子なんだから安いシャンプーじゃ嫌でしょ……そんなことを言って、買ってきたものだ。

ボトルにはバラの絵が描かれていて、いかにも女子って感じのシャンプー。

女ってめんどくせーのな。

俺はいつものシャンプーで頭をごしごし洗った。

スウェット姿で、タオルを首からかけて風呂から上がると、リビングからはものすごくいい匂いが漂っていた。

ぐうう、と腹が鳴る。

「あ、もうすぐハンバーグが焼けるので、テレビでも見て待っててくださいね」

「お、おう」

ソファに座ってテレビのリモコンをあちこち動かしてみるが、内容なんてちっとも入ってこない。

なんでこんなにそわそわしなきゃいけないんだ？

ここは俺んちだぞ？

相沢が姉貴とはまるで違う生き物に見えて、なんか落ちつかないんだ。

どっちが本物の女なんだよ。

「永瀬くん、ご飯できました！」

キッチンから呼ばれ、ダイニングテーブルにつけば。

テーブルの上にはふたり分のハンバーグに、白米に味噌汁。それから付け合わせのサラダ。

見るからにうまそうだ……。

「お口に合うかわかりませんが……」

そう言いながら、俺が食うのをじっと待っている相沢。

「そんなに見られてたら食いづらいっての」

「で、ですよねっ」

相沢は、いただきますと言って、箸(はし)を持つ。

俺も箸でハンバーグをきって、口へ放り込む。

「……どう、ですか？」

やっぱり俺を見ていた相沢は、心配そうに尋ねてきた。

「……うまいよ」

この間のカレーもそうだが、何回も食べたことがあるのに、作る人が違うだけでこんなに味が違うのか？

しかもうまい。

「良かった〜。それ、永瀬くんの嫌いなにんじんが入ってるんですよ」

「はあっ!?」

　にんじん!?
　思わず、ハンバーグを持ち上げてガン見する。
「細かく刻んで、玉ねぎやお肉と一緒に混ぜたんです」
「マジかよ……」
　にんじんは、ふつう入っているだけでその存在がわかるものだから、いつも食べないようにしてたのに。
　今日のはまったくわからなかった。
　味だってしなかった。
「よしっ」
　小さくガッツポーズをする相沢。
　……なんか腹立つ。
　うまいってのが余計に。
「これからも、にんじんレシピ色々考えようと思うんで、楽しみにしていてくださいね」
「楽しみになんかしねーし」
　でもクスクス笑う相沢に、なぜか嫌悪は感じなかった。
　むしろ、心地いい……なんて感じてしまって。
「てかさ、それ、やめたら？」
「それ、とは……？」
「敬語だよ。クラスメイトなんだし、普通に喋れよ」
　なんだか俺が威圧してるみたいだし。
「あっ、そうですよねっ……ってまた言っちゃった」
　そう言って、口に手を当ててあわあわする相沢。
「ぷっ」
　いちいち反応がおもしれえ。

思わず吹き出してから正面を見ると、化け物でも見るような目で俺を見ている相沢。

ポカーンと口を開けている。

「……なんだよ」

「あ、ごめんなさい、……永瀬くんがそんな風に笑ってるの初めて見たから」

「なんだよ。俺だって笑うわ」

「だ、だよねっ……ごめん」

あぶねっ……。

つい気が緩んでしまった。相沢にそんな顔見せるなんて、不覚もいいとこだ。

「私、永瀬くんのこと、ちょっと誤解してたかも」

唐突に何を言うかと思えば。

箸をおいて、俺をまっすぐ捉えた。

こんな風に正面から目が合うのなんて、初めてだ。

「香織さんから聞いたの。その……お姉さんのこと。それで、女の子が苦手なことも……」

「……っ」

言いにくそうに言われ、かああっと全身が熱くなる。

ったく、余計なこと喋りやがって！

仲間内にだって話したことのない、俺が墓場まで持って行きたかった秘密を。

「マジかよ……」

「だ、大丈夫！　誰にも言わないからっ！」

はぁぁと頭を抱える俺を見て、相沢が立ち上がって慰めるように言う。

それがまた、俺をへこませる。

「なに？　幻滅した？」

「ま、まさかっ……。逆にすごく好感が持てたよ」

好感？　なんでだ？

「ただ女の子にそっけないだけだと、冷たいなあって思うけど、その背景を知ったら、なんだか可愛くて……あっ」

言えば言うほど墓穴を掘ってることに気づいたのか、慌てて口を押さえる相沢。

それ、軽くディスってるだろ。それとも天然なのか？

どんどん傷がえぐられるっつーの。

「ご、ごめんなさいっ、永瀬くん……」

「べつにいーけど」

そう思ったのは本当。

相沢にそう言われてもあまり悪意が感じられず、頭には来なかった。

「それと、その呼び方もどーにかしたら？」

「呼び方？」

キョトン、と首をかしげる相沢。

その仕草をまともに直視できなくて、目を逸らす俺。

「家の中でくらい、……朔……って呼べよ」

語尾が小さくなる。

女子には名前でなんか呼ばせたことないくせに、どうしてかそんなことを口走っていた。

見ると、驚いたように目を見張っている相沢。

「ほ、ほら、母さんがそう言ってただろ！」

なに慌ててんだよ、俺！

これじゃあまるで、そう呼んでほしいみたいじゃねえか。

「そ、そうだよね！　しばらくは家族みたいなものだし」

「お、おう……」

「じゃあ、私のことも小春でお願いします」

「……っ」

俺を名前で呼ばせるなら、そういうことになるのか……？

女を名前で呼んだことなんてないし、できるか微妙(びみょう)だけど。

「わかった」

そう言うと、小春はぱあっと花が咲いたように笑顔を見せた。

……っ。

まただ。

小春のこの顔を見ると、なぜか不思議な気持ちになるんだ。

それがなんなのかは、わかんないけど。

「よかった……」

「あ？」

「だって、せっかく一緒に住むなら仲良くしたいと思ってたから……。学校でのなが……朔くんはちょっと怖くて……あっ、ごめんね……。でも、家での朔くんはそんなことなくて」

サラリと朔と呼ばれたことに、胸がドクンと音を立てる。

　ダチや家族から呼ばれるのとは違うそれに、なんだか体がむず痒くなってくる。
「だから、これから改めてよろしくおねがいします」
　そうやって頭を下げる小春に、俺は、なんとなく懐かしさを覚えるような心地よさを感じていた。

恐怖、ファンクラブ

『朔……って呼べよ』
　まさか、彼の方からそんなことを言われるとは思ってもみなかった。
　クラスで一番苦手だった人なのに、名前で呼び合うだけで、距離(きょり)がグッと縮まった気がする。
　教室ではあれだけこわくて、ノート１冊渡すのにも怯(おび)えてたのに。
　意外と喋ってくれるし、根が冷たい性格じゃないこともわかった。女の子が苦手になった理由も納得できたし。
　ここでの生活も、５日目。
　香織さんがいなくなっちゃってどうなることかと思ったけど、わりとうまくやっていけそうかな？
　しばらくはふたりきりの生活なんだし、少しでも仲良く出来たに越したことはないよね。
「よしっ」
　腕まくりをして、私は朝の家事をスタートさせた。
　約30分後……。
　朝食の用意はバッチリ。洗濯(せんたく)ものも干し終わった。
　これでカンペキ！
　……あとは。
　さっきから２階では、目覚まし時計の音が鳴り響いてる。
　ここでこれだけうるさいのに起きないってどういうこ

と!?

「はぁ～」

朔くんとふたりで暮らすうえで、一番困るもの。

それは、起こさなきゃいけないってこと！

起こすたびに抱きつかれるのかと思ったら、やっぱり尻込みしちゃう。

男の子に抱き締められるなんて、恋愛経験のない私にとったら、それはもう未知との遭遇の域だもん。

香織さんみたいに、フライパン作戦はどうかな？

なんて考えている間にも、時間は刻々と過ぎていく。

遅刻したら大変だし……私は意を決して朔くんの部屋に向かう。

手には、脱衣所にあったツッパリ棒。

これで遠くから体を揺すれば、抱きつかれることがないと思ったんだ。

うん、我ながらいいアイデア！

「失礼します……」

そーっと部屋に足を踏み入れた。

一番東側の部屋だから、朝陽がこれでもかってほど差し込んでいる。

顔に日差しが当たっているのに、まぶしくないのかな？

「朝ですよ……起きてください……」

これで起きるわけないのはわかってるけど、一応声を掛けてみる。

はぁ……だめか。

思った通り、無反応。

タオルケットを１枚だけかけて無防備に横たわっているその姿に、ふいに胸がドクンと鳴った。

女の子が騒ぐのもすごくよくわかる。

相変わらずいつ見てもキレイな顔。

「きっと、毎日のケアがすごいんだよ！」なんて誰かがウワサしていたけど。

お風呂にも洗面所にも、そんなすごいものはなかったし、お風呂が長いってわけでもない。

もう、元の違いだよね。

「って、のんきに見てる場合じゃなかった！」

よーし。こうなったら、『必殺！ツッパリ棒』だ！

１メートルくらいのそれを、朔くんの肩にあてて揺さぶる。

「起きて！　遅刻するから！」

「うーん……」

すると、こちらに向かって大きく寝返りを打つ朔くん。

やった！　動いた！

まるで、大きな石像がようやく動いたかのように感動する私。

「ほーら！」

もう１回、ツッパリ棒をグイグイ肩に押し込む。

「んー……」

ふふふ。

すごい嫌がってる。

　寝ながら険しい顔をして、体を左右に動かす朔くん。
　なんだか楽しくなってきちゃった。
　よーし、次はわき腹あたりを攻めてみようかなーなんて思っていると――。
「わ、わ、わっ……きゃあっ！」
　ツッパリ棒もろとも、私の体はベッドの中へ引きずりこまれ。
　……。
　ああ。
　なんでこんなことになってるの？
　私の体には、朔くんの腕がしっかり絡(から)みついていた。
　物を使っても失敗しちゃうなんて……。
　シーツなのかシャツなのかわからないけど、柔軟剤(じゅうなんざい)のいい香りに包まれる。
「は、離してっ……」
　動こうとしたら、今度は足まで絡めてくる。
　さっきよりも、がっちりホールドされてしまった。
　私は抱き枕じゃないのに～。
「ちょっとぉ～、もう離してってば！」
「んー……、……あ？」
　そこでやっと、朔くんが目覚めて。
　私の体をぎゅっと抱きしめたままの彼と、目と目が合った。
　うわっ。
　ものすごい至近距離で目を開けられて心臓がドクンと跳

ねる。

　すると。

「ん――……」

「わわわっ」

　なんと、そのまままた目を瞑り、再びぎゅーっと私を抱きしめたのだ。

　ちょ、ちょっと!?

　完全に胸のなかに閉じ込められて、身動きできなくなる。

　いま、目が合ったよね？　完全に寝ぼけてるよ……。

「ちょっと……っ、朔くん……っ？」

　脱出しようともぞもぞ体を動かしても、すごい力で抱きしめられているから抜け出せない。

　ドキドキドキ……。

　嫌でもドキドキは加速していく。

　朔くんは寝ぼけていても、私はちゃんと意識があるんだから、ほんとに困っちゃう。

「……あ？」

　すると、今度こそ目覚めたみたいで。

　むくりと起き上がった。

　私が同じベッドにいることに、今日は驚いてない。

　きっと、今の状況がわかったんだよね。

「はぁ～」

　って。

　ため息をつきたいのは私だよ。

「……わりぃ……」

あれ？　怒らないんだ。
「……う、うん」
そう言われれば私だって文句も言いにくくて、ゆっくり体を起こして髪を整えた。
そんな様子を見て、朔くんは申し訳なさそうに尋ねてくる。
「俺、ヘンなことしなかったか？」
「えっ」
ヘン、とは具体的に？
「その……」
「ああっ、しがみつかれただけだから！」
もし恥ずかしいことを言われたら、心臓が持ちそうにないもん。
だからあえて、「抱きつかれた」を、「しがみつかれた」に変換させる。
それだけでも、ずいぶんと精神衛生上はマシだよね？
お互いに。
「マジでわりぃ。どーしても、このクセ治んなくてさ」
「うん」
「でもさ、どーしても起きらんなくって」
「うん」
「だからさ……」
「うん……？」
「悪いけど、明日からもよろしくたのむわ」
「……っ」

え――――――っ!?

そこは、ひとりで起きれらるように頑張る、とかじゃないの？

シレっとした顔でそう頼む朔くんは、全然悪いなんて思ってそうになくて。

前言撤回！

私、やっぱり朔くんとのふたり暮らしに不安しかありません……。

うー……。

朝から疲れたせいで、お昼になった今でも調子がでない。

頭も痛いし、机の上でくたーっとなっていると、真希ちゃんがポンと頭に手を乗せてきた。

「どうした、小春。なんだか顔色よくないよ？」

「うーん、ちょっと疲れちゃって」

「あははっ、JKのセリフじゃないね」

「だってー」

軽くディスられて、うう、と唇を尖らせる。

「新しいおうちで、小春もまだ気を使うのよね」

「ま、まあね……」

私を気遣ってくれた蘭子ちゃんには申し訳ないけど、ほんとの理由はもうちょっと違うとこにあるんだよね。

お世話になっている家が、あの永瀬くんちで、しかもしばらくはふたりきりなの……なんて言えるわけないよ。

くわしく説明できないのがもどかしい。

『明日からもよろしくたのむわ』

そんなことを言ってのけた張本人は、涼し気な顔して男子の輪の中にいる。

それを眺める女の子たち。

昼休みということもあって、他のクラスの子までが朔くん目当てでやってきている。

はー、すごい人気だなぁ。

「そっかあ……他人の家でお世話になるって大変だよねー。でも、小春なら可愛がってもらえそうじゃん」

「そうよ。小春はいるだけで周りを明るくする力があるんだから、そのままで大丈夫よ！」

真希ちゃんは明るく言ってのけ、蘭子ちゃんも励ましてくれる。

「ありがとう」

ふたりのおかげで、ちょっとだけ気分が上がった。

「小春ちゃーん、先輩が呼んでるよ～」

そのとき、廊下から違うクラスの子に呼ばれ、むくっと体を起こす。

先輩？　誰だろう。

あ、もしかして平井先輩かな？

そう思うと、微かに胸が躍る。

「ちょっと行ってくるね」

真希ちゃんと蘭子ちゃんにそう告げ、廊下にでると。

「えっ？」

そこにいたのは平井先輩じゃなくて、知らない女の先輩だった。
　スカートなんて膝上20センチくらいのミニで、髪の毛も金髪。
　決して交わることのないタイプな彼女に、私は思わず身構えた。
「あなたが相沢さん？」
「そ、そうですけど……」
「ちょっと来て」
　そう言うと、スタスタ歩いて行く先輩。
　えっ。
「あのっ！」
　声を掛けたけど、止まってはくれなくて。
　仕方なくその後を追う私に、沢山の視線が突き刺さる。
　この先輩は誰なの？
　ど、どうしよう。
　そう思いながらも追いかけて行くと、たどり着いたのは、校舎の裏側だった。
　そこには、10人くらいの女子が待ち構えていた。
　な、なにっ!?
　その、ものものしい光景に身震いする。
「連れてきたよ」
　さっきの先輩が言うと、明らかにリーダーだとわかる女子が、一歩前に出た。
「ふーん」
　腕組みをしながら、まるで値踏みするかのように、目線が上下する。
　この軍団は一体……？
　わたし、なにかした？
　呼ばれた理由に心当たりなんて全くなくて、もう頭は真っ白。
「アタシ、永瀬朔さまのファンクラブの会長をやってるの」
「はいっ？」
　永瀬朔さま？　ファンクラブ？
　頭のなかにハテナが浮かぶ。
「アタシたちの断りもなく、抜け駆けしないでくれない？」
　尖った声で、言い放つ彼女。
　抜け駆け？
　そう言われても……何のことかさっぱりわからない。
「あの……意味が……」
　恐る恐る声を発すると。
「とぼけないでよ！」
　本性を現した会長さんが、突然金切り声を上げた。
　ひぃぃぃぃっ……!!
「アンタが朔さまにお弁当を渡してるところを見た子がいるのよっ、そうよねっ」
　彼女が鋭く後ろを振り向けば、別の女の子が前へ出てくる。
　それは、同じクラスの田島さんだった。
「私、この目でちゃんと見ました！　相沢さんが、朔さまへお弁当を渡しているところを」

ええっ……？

お弁当って。

もしかして、朔くんがお弁当を忘れたあの日。

階段でこっそり渡したのを見られてたのっ!?

「ねえ、どうなのよ」

会長さんに、ジリっと詰め寄られる。

うしろの軍団も、同じように詰め寄ってくる。

「えっと……それは……」

どう答えたらいいか困ってると。

──ドンッ。

ついに、背中が壁についてしまった。

囲まれて、完全に逃げ場はなくなる。

「あのね、ファンクラブにはちゃんと決まりがあるの。勝手に行動したり、告白したらいけないの。朔さまは、むやみに声を掛けると機嫌が悪くなるでしょ？　私たちは、朔さまが嫌がらないようにひっそりファンでいる、それがルールなのよ!?　なのに、アンタみたいな勝手な人がいると大迷惑なのよっ！」

うう……。

そんなこと言われても。

「あの……」

「なに？　口答えする気？」

会長さんが、手を振り上げた。

ぶたれる──。

顔を背けて目をぎゅっと瞑った時。

「ストップ!!!」
　どこからか、そんな声が聞こえた。
　あれ……？　この声は……。
　恐る恐る目をあけると。
「真希ちゃん！　蘭子ちゃん！」
　息を切らしたふたりが、私の前に立ちはだかっていた。
「あら、あなた石黒さんじゃない」
　会長さんはそう言って、あげていた手をゆっくり下ろす。
　ん？　蘭子ちゃんと面識あるの？
　さすが学級委員の蘭子ちゃん、すごく顔が広いみたい……。
「なにがあったか知らないけど、叩くのはよくないと思います」
　背筋を伸ばして正当な理由を述べる蘭子ちゃんは、まるで学級委員の鑑。
　その凛々しすぎる姿に、会長さんの目つきも変わった。
「そうね、」と呟いて、手を下ろした。
「今日は石黒さんに免じて許してあげるわ。でも、次に何かあったらファンクラブの罰則規定に従ってもらうから」
　そう言うと「行くわよ」と、うしろの軍団を従えてここを去っていった。
「真希ちゃーん、蘭子ちゃーん、ありがと～」
　私は一気に緊張がとけて、ふたりにしがみつく。
「でも、どうして……？」
　私がここにいるって、なんでわかったんだろう。

「なんか嫌な予感がしたのよ。それで、さっき小春を呼んだ子に聞いたら、女の先輩にどっかに連れて行かれたって言うじゃない」
「ううっ、ほんとにありがとう……」
　私、いい友達に恵(めぐ)まれた……。
「あの人たち、永瀬のファンクラブのメンツでしょ？　なんであんなのに呼ばれたワケ？」
　不思議そうに首をかしげる真希ちゃん。
「えっと……」
「しかも、ファンクラブの罰則規定に従って……って、もしかして小春、永瀬のファンクラブ会員だったの!?」
「そ、そんなわけないじゃん！」
　とんでもないことを言いだす真希ちゃんに、私、全力で否定する。
　そんなの、誤解だってされたくないよ～。
「じゃあ、なんの用だったの？」
「それは……」
　口をもごもごさせていると、「あやし～」と詰め寄られる。
　うう、困った。
　思い切って話しちゃう？
　朔くんには口留(と)めされてるしなぁ……。
　でも、ふたりは口が固いし、噂話が好きなタイプじゃないから。
「あのね、ぜーったいに誰にも言わないでね！」
　私はそう念を押して、ふたりに同居の真相を話してしまった。

「……は？」

「マジで？」

　ふたりの反応は、まあ思った通り。

　意外にも冷静……？

　っていうか、驚きすぎて声も出ない？

　そりゃそうだよね、あの朔くんだもんね。

　キーンコーン……。

　そのとき、昼休み終了を告げるチャイムが響いてきて。

「あっ。次の時間プールじゃん！　早く着替えなきゃ！　詳しくは後でゆっくり聞かせてもらうから！」

「そうね、遅刻するわけにはいかないわ」

　私はふたりに引きずられるようにして、校舎の中へ戻った。

突然の、訪問。

【朔side】

夢を見ていたんだ。

すごく温かくて懐かしい夢を……。

遠くからあの子が走ってきて……触れた瞬間、俺は抱きしめた。

すごくふわふわして、心地よくて。

やっと会えた……。

何年ぶりの再会だろう。

今までの隙間(すきま)を埋めてくれるかのように、すごく満たされていたのに。

『朔くんっ……！』

そんな声に邪魔されて目覚めたら…………小春が俺に抱かれていた。

夢の続きか……？

いや、そんなわけない。

あの子と小春は、違うんだから。

……でも、小春には不思議と普通の女に対するような嫌悪はなくて。

『明日からもよろしくたのむわ』

なんて言っていた。

自分でもびっくりだ。

俺が起きた時には、朝飯が出来ていて、掃除(そうじ)や洗濯も終わっていた。

姉貴が家にいたころだって、母さんがいなければ朝飯はなかったし、洗濯だってされずに放置だった。

だから、女子高生が料理や洗濯までする事実に、俺はイマイチまだついて行けない。

俺が長年思っていた女って生き物は、ほんとのところはどうなんだ……？

「腹へったなー」

昼休みになり、俺の周りにダチが集まってくる。

空いている机を使い、しょーもないことを話しながら飯を食う。

『昨日のハンバーグ、お弁当に入ってるよ』

そう言って小春から渡された弁当。

まさか、弁当まで作ってくれているとは思わなかった。

母さんが置いて行ってくれた金もあるし、昼くらいコンビニで買うからいいっつったんだけど。

『自分の分のお弁当も作ってるから、１個も２個も変わらないし……って、これ香織さんがお弁当を作ってくれた時の言葉なんだけどね』なんて言って。

弁当の蓋（ふた）を開けると、言われたとおりハンバーグが入っていた。

ひと口で放り込む。

……うん、冷めてもうまい。

これじゃあ、今夜は何が出てくるのか嫌でも期待しちまうだろ。

「小春ちゃん、先輩が呼んでるよ～」

そんな声に、ふと顔をあげる。

今までだったらこんな声、ぜったいに聞き逃していたはずなのに、小春って名前に反応したんだ。

センパイ……？

あの生徒会副会長のやつか？

……ふうん。

小春……彼氏がいるのか？

別に関係ないけど。

俺は廊下へ出て行く小春の姿をチラリと瞳に移し、また弁当に視線を戻した。

家に帰ると、玄関のカギはまた開いていた。

「ったく、不用心だな」

一応、うちで預かっている身としては、何かあったらシャレになんねえし。

もっときつく言っておかないと。

「ただい……」

リビングに入り、ただいまと言おうとした俺の言葉は途中で飲みこまれた。

「……っ」

ソファに身を投げ出して、居眠りする小春の姿があったからだ。

そういえば、女子は５、６時間目が水泳の授業だったな。

よっぽど疲れたのか。スースーと気持ちよさそうな寝息を立てて、熟睡(じゅくすい)している。
「こんなとこで寝たら、風邪ひくっての」
　そう言って近づいてみれば。
　スカートから、くの字型に折られた足が伸びているのを目にして、胸がどくんと変な音を立てた。
　女に、女なんか感じたことないのに。
　……なんなんだよっ。
　帰ってそうそう、また調子を狂わされる俺。
　昨日も今日も、いったいなんだっつうんだよ。
　俺はわしゃわしゃと髪をかいたあと、和室の押し入れにあったタオルケットを持っていき、小春の体にバサッとかけた。
「……んっ……」
　すると、妙に色っぽい吐息がもれて。
　――ドクンッ。
　俺の胸は、更に変な音を立てる。
　小春ごときに、俺は何を焦(あせ)ってんだ？
　姉貴と同じ人種だぞ？
　ほら、なんともない。
　自分にそう言い聞かせるように、寝ている小春の前にしゃがみ、じっと寝顔を見つめる。
　ドクン……ドクン……ドクン……。
　けれど、存在感を示すように、だんだんと大きくなっていく胸の鼓動。
　マジなんなんだよ。

無防備に少し開いた赤い唇。形の良い高い鼻。

透明感のある白い肌。

こうして見ると、意外にキレイな顔してんだな。

キレイっていうか、どっちかって言うと、可愛い系なのか？

女の顔なんて、久々にじっくり見たかもしれない。

目立つ女友達ふたりに挟まれていて存在感なんてなかったくせに、その可憐さに、思わずドキッとする。

無意識に触れたい……そんな衝動に駆られて。

髪に手が伸びていた。

元々なのか、少し茶色い髪。

柔(やわ)らかくてサラサラのそれは、俺の指の間をするするとこぼれていった。

と、そのとき。

――パチ。

小春の瞳が突然開いた。

「……っ」

俺たちの瞳の距離は、５センチもないかもしれない。

「え……？　朔……くん」

小春は戸惑(とまど)ったような声を出し、パチパチと何度も瞬(まばた)きした。

寝ぼけてこの状況がよくわかってないのかもしれないが。

――ヤバい。

この状況、なんて弁解する……？

俺の体中からぶわっと一気に汗が噴き出した瞬間。

――ガチャン！

玄関のドアが激しく開いた音がした。

なんだ!?

とっさに玄関まで走っていくと。

「ういーっす！」

両手に買い物袋をぶら下げて立っていたのは。

……俺の天敵、姉貴の希美だった。

「おい、なにしに来たんだよ」

俺にとっては招かれざる客だが、今はこのタイミングに感謝だ。

ズカズカと上がり込む姉貴と一緒にリビングに戻ると、小春は起き上がって髪の毛や制服をペタペタ触っていた。

俺に対して警戒した目を見せるでもなく、現れた姉貴を前にして、驚いているようだった。

……ホッ。

助かった。

「わっ、あなたがしばらくうちで預かる子!?　やだ〜可愛いじゃあ〜ん」

姉貴は小春を見るや否やそう言い、俺の背中をバシッと叩く。

「いって！」

「私、朔の姉の希美です。よろしく〜っ！」

つぎに小春の所へ行き、両手をとってぶんぶんと振る。

その慣れ慣れしさに少し困惑しながら、小春はペコペコ頭を下げた。
「ははは、はじめまして、相沢小春ですっ」
「わ〜、髪めっちゃ艶々(つやつや)じゃない？　どんなお手入れしてるの？　肌も白くてほっぺなんてマシュマロみたい〜可愛い〜」
「えっ、えっと……」
　おどおどする小春を置いてけぼりにして、マシンガントークが炸裂(さくれつ)する姉貴。
「この愛想のない奴とふたりっきりなんて、小春ちゃんも災難だよねー。でもね、昔はこれでも可愛かったんだよー」
「おい姉貴っ！」
　俺は慌てて口を挟んだ。
　俺には暴露(ばくろ)されたくない黒歴史が山ほどあるんだよっ！お前のおかげでな。
「ふふふっ。あっ、それより、朔にへんなことされてない？」
「ええっ!?」
「だって、こんなに可愛い女の子が一緒に住んでたら、普通の男はオオカミになっちゃうものよ？」
「つーか、なにしに来たんだよ」
　これ以上自由にさせていたら、なにを喋るかわかったもんじゃない。
　俺は、姉貴がここにいる理由を問い詰めた。
「ほら、お母さんから聞いたのよ。おばあちゃんが入院したって」
「ああ」

「家にお母さんいないって言うじゃない？　子供たちふたりだけじゃロクなもん食べてないと思って、お姉様が来てあげたってわけ」

　そう言われても、喜べるはずなんてない。

「あ〜、料理なんてしたことないだろって顔してるわね」

　よくわかってんじゃねえか。

「バカにしないでよね。これでもひとり暮らしして、3年経つのよ」

「そのひとり暮らしをしてから、ここで家族に料理を振舞ったことなんて一度もないけどな」

「シャラーップ！　見てなさい、今にその実力がわかるから」

　得意げに指をさす方向には、買い物袋がふたつ。

　本当になにかを作るらしい。

「ってことで、ご飯出来るまで、あなたたちはお風呂入ったり宿題したりゆっくりしてて〜」

　姉貴はニコリと怪しい笑みを俺らに見せると、鼻歌を歌いながらキッチンへ向かった。

　はあ……イヤな予感しかない。

　でも突っ走ったら何を言っても聞かない姉貴。

　まだおどおどしている小春に、俺は無言でうなずき、2階へ上がった。

　それから風呂に入り、リビングへ戻ると……。

「えっ、火事？」

　料理中のいい匂いとは程遠く、焦（こ）げ臭いにおいが充満していた。

「おいっ、なにがどうなってんだよっ！」

あわててキッチンに行けば、姉貴のそばでは小春がおろおろしている。

火事にはなっていないが、大惨事（だいさんじ）なことには間違いなさそうだ。

「大丈夫よ～、もうすぐ出来るからふたりともあっちでゆっくりしてて！」

「でも……」

小春は心配そうに見つめている。

そりゃそうだろ。

俺だって心配で離れられない。

「きゃあっ！」

ガシャン！

ドタバタ！

……はぁ……。

どんなメシが出てくるのか恐怖でしかない。

それから約30分後。

「さあ、出来たよー食べよー」

やっとテーブルにメシが並んだ。

「これ、なに？」

「なにって、見ればわかるでしょ。オムライスよ」

わかれば聞かねえよ。

けれど満足げな姉貴は、缶（かん）ビールをプシュッと開けて、そのままゴクゴクと喉へ流し込む。

「くは〜っ、料理を作ったあとのビールは最高だね〜」
「作りながらも飲んでたじゃねーか」
　キッチンには、すでに空の缶が１本転がっていた。
「男のくせにいちいち細かいなー。そんなんじゃ女の子に嫌われるわよ？」
　……はあ。
　これ以上、余計な口出しはしないのが一番だ。
　俺はため息をついて、口をきゅっと結んだ。
　小春は、そんな姉貴を見てニコニコしている。
「じゃあ食べよっ！」
「いただきます」
　早速、行儀（ぎょうぎ）よく手を合わせてスプーンを手にする小春。
　目の前には、たぶんオムライスと思われる見たこともない食べ物。
　焦げたケチャップライスの上に、スクランブルエッグのようなものが乗っている。
「おいしいです！」
　俺は恐怖でスプーンを入れられずにいると、先に一口食べた小春が、姉貴に向かってにっこり笑う。
　それ、マジなセリフかよ。
　ああ……小春のメシが食いたかった……。
「ところでさ〜、あんたたち、ふたりっきりで大丈夫なワケ〜？」
　いい感じに酔（よ）っぱらってきた姉貴が変に絡み、隣に座る小春を意味深にツンツンとつついた。

「え？　大丈夫、とは……？」
　キョトンとした顔で、首をかしげる小春。
「だってさー、ひとつ屋根の下に男と女がふたりっきりよ～」
「やめろって」
　ただでさえウザ絡みしかしないのに、酔っぱらったらもっとタチが悪くなる。
　つき合うだけ無駄だとかわすと、姉貴はもっと突っ込んできた。
「ところで小春ちゃん、彼氏いるの？」
「ええっ？」
　驚いたような声をあげる小春。
　俺も、必要以上に反応してしまった。
　スプーンを口へ運ぶ手を止めて、小春の答えを待つ。
　あの副会長は彼氏なのか……？
　この答えを知りたいのは、姉貴じゃなくて俺だ。
「だって小春ちゃんめっちゃ可愛いんだもん。男が放っておかないでしょ？」
「の、希美さんっ、なに言ってるんですか！　私に彼氏なんているわけないですよっ」
「ほんとに～？」
「ほ、ほんとですって！」
　顔は沸騰(ふっとう)しそうに真っ赤で、ウソを言っているようには思えない。
　確かに小春は、恋愛未経験……って感じがするが。

じゃあ、あの副会長は彼氏じゃないのか。

ホッ……。

って、なんで俺、ホッとしてんだ!?

自分でもわからない心の内を悟(さと)られないように、俺は皿だけを見つめてもくもくとメシを食った。

メシが終わると、姉貴は小春とソファに移動した。とにかく姉貴が小春のことを気に入ったらしく、離さないんだ。

小春だって本当は嫌だろうに、うんうんと頷きながら話につき合ってやってる。

「もー聞いてよ！　あたし、振られたの」

挙句には、赤裸々(せきらら)な話まで。

またか。俺はガックリ肩を落とす。

早く嫁(よめ)にもらってくれる男が現れてくれたら、少しはマシになるんじゃないかって期待してんだけど。

「お前はひとりでも生きていける。でも、アイツは俺がいないとダメなんだーなんて言ってさ。あたし、ぶりっ子女に負けたのっ！」

あーあ。ご愁傷様(しゅうしょうさま)。

男もよくわかってんな。

と、俺は男の味方をしたが。

「……グスンっ」

姉貴はしおらしくうなだれて、小春の肩に頭をつけた。

……らしくねえな。

「ひどいですっ。それ絶対に言っちゃいけない言葉ですよ！弱さを見せないからって弱いわけじゃないのに、そんなこと言われたら、たまったもんじゃないですよね！　私、ぶりっことか媚を売る女の人って理解できません！」

いつも穏(おだ)やかな小春にしては、すごく怒っている。

その気持ちが理解できんのか？

小春も、男の前では弱いところを見せないタイプか？

男に媚を売る女が理解できない……って、俺と気が合うな。

姉貴がデザートに持ってきたさくらんぼをつまみながら、小春を観察する。

「まあね、見た目に騙(だま)されたアタシもアタシなんだけどー」

「そうですよっ！　男の人は見た目じゃないです、中身ですっ！」

なぜか胸がズキッとした。

俺は、見た目だけで騒がれる。

『さいってー』

けれど、関われば、すぐに手のひらを返される。

もちろん、嫌ってくれって意味でそうしてんだけど。

……俺って、小春が一番キライなタイプなんじゃねえの……？

そう思ったら、胸ん中がモヤモヤした。

「そうっ、そうなのっ。小春ちゃんよくわかってる！」

頭を撫でているつもりなんだろうけど、頭頂部がひっかきまわされている。

巻かれた小春の毛先が、ふわっと揺れる。

「絶対にアイツを見返してやるんだから！」

「そうです！　その意気です！」
「小春ちゃんてばほんとにいい子〜、大好き〜」
　両手を広げて小春に抱きつく姉貴。
「グーグー……」
　そのうち姉貴はそのまま寝てしまい、大きないびきが聞こえてきた。
　小春はそんな姉貴を支えようと、背筋をピンと伸ばしている。
「その辺転がしといていいから」
「でも……」
　ためらう小春に、俺は姉貴の体をはがし、ソファに転がした。
「はぁ……」
　我が姉ながら、ほんとにひどいと思う。
　俺のトラウマが、一層深くなりそうだ。
「風呂入ってきなよ」
　時計を見ればもう10時を回っていた。
　こんな時間まで風呂にも入らず姉貴に拘束されていたかと思うと、申し訳ない。
「うん、でもキッチン片付けてからにするね」
　そう言って、キッチンへ立つ小春。
　俺はそのあとを追った。
「いいよ。俺がやっとくから」
　スポンジを持ったその手を掴んだ。
　小春はぴくっと肩を震わせて、俺を振り返る。

「……っ」
　俺よりはるかに背の低い小春。
　上目遣いで俺を見るような格好になる。
　ドクンッ。
　思いがけず接近した顔に、胸が鳴る。
　小春は驚きに見張った目で、じっと俺のことを見ている。
「小春ってさ、」
「えっ……」
「好きなやつ、いんの？」
「……っ」
　俺を見つめる目が、一層見開かれる。
　なんでこんなこと聞いたのか、俺自身が一番わかんねえ。
　ドクン……ドクン……。
　なんとも言えない空気が俺たちの間に流れ、耐(た)えられなくなった俺はパッと目をそらした。
「家事は分担の約束だし、今日は俺がやる」
　そのまま小春の手からスポンジを奪い、皿を洗い始める。
「うん……じゃあ、お願いします」
　小春は、ゆっくりキッチンから出て行った。

ドキドキ、しちゃう

「ふう……」
　乳白色のお湯に、口元までブクブクとつかる。
　希美さん、かなり強烈なキャラクターだな。
　希美さんに小さい頃から色々遊ばれてたなら、朔くんが女の子に対して苦手意識を持っちゃうのも、わからなくもない気が……。
　でも、私は希美さんみたいな女の人、あっけらかんとして、すごくいいと思うんだけどなあ。
　ああ……それにしても、今日は疲れた。
　朔くんのファンクラブの皆さんに囲まれて怖かった。
　寿命も縮まったかも。
　今後学校で接することはないだろうけど、気をつけなきゃ。
　それに水泳まであったし。
　水泳って相当体力を奪われるみたい。
　そのときには、真希ちゃんと蘭子ちゃんから同居について根ほり葉ほり聞かれて、疲れは倍増しちゃった。
　ふたりとも、ほんとにビックリしてたなぁ。
　私、いつのまにソファで寝ちゃってたんだろう。
　仮にもよそさまの家で、うかつだった。
　それにしても……朔くん……何してたんだろう。
　希美さんが来たから何事もなかったかのようになったけ

ど。
　あのとき、目を開ける前からなんとなく気配を感じて、目が覚めてたの。
　そしたら髪を撫でられているのがわかって……どうしていいかわからなかった。
　耐えられなくて目を開けたら、朔くんはびっくりしたように固まっていたけど、離れることはなくて。
　ドキドキしてたまらなかった。
　さっきも、突然腕を掴まれてドキドキしちゃった。
『好きなやつ、いんの？』
　続けて投げられた言葉にも。
　思い出して、胸に手を当ててる今もドキドキしてる……。
　なんだか、朝からずっとドキドキしっぱなし。
　朔くんもだけど……私も、どうしちゃったんだろう。
　お風呂から出てリビングに入ると、ちょうど朔くんがキッチンの灯りを消したところだった。
　ほんとに夕飯の片づけをしてくれたみたい。とてもきれいになっている。
「お風呂いただきました」
　そう言うと、朔くんが笑う。
「そういうのいいって、自分ちみたいに過ごせよ」
「あ、そうだよね」
　そうは言われても、まだお客さん気分が抜けなくて……。
　やっぱり自分の家みたいには出来ないだろうなぁ。
「……あ」

　希美さんは、まだソファで寝ていた。
「ねえ、希美さんどうするの？」
「ほっとけよ。ソファで寝るの得意だから」
「でも、このままじゃ風邪引いちゃうよ」
　朝は冷えるだろうし、ちゃんとお布団で寝ないと。
「大丈夫だって、風邪なんて引いたことないし」
　そうは言っても……。
「ねえ、和室にお布団敷いてもいい？」
「いーけど……。ほんとに放っておいていいのに」
「お仕事してきて疲れてると思うし、ちゃんとお布団で寝ないと」
　私はリビングの向かいにある和室へ行き、押し入れから布団を出して敷いた。
　これで、よしと。
　でも問題は。
　どうやって希美さんを運ぶか、だ。
「あのー……」
　リビングでテレビを見ている朔くんに、恐る恐る声を掛ける。
「ん？」
「布団敷いたんだけど、希美さん、運んでもらえないかな」
　だって私には絶対にムリだもん。
「……わかったよ」
　朔くんは、希美さんを軽々抱えると和室まで運んでくれた。

さすが男の子だなぁ……。

布団をかけて、電気を消して扉を閉める。

「どーぞ、っつっても姉貴が持ってきたやつだけど」

リビングへ戻ると、朔くんがカルピスを持って来てくれた。

「わっ、ありがとう」

あーおいしい！

お風呂上がりの体に、冷たいカルピスがスーッと入っていく。

「さっきは……ありがとう」

「なにが？」

「私に、タオルケット掛けてくれて……」

さっきのことを蒸し返すのは恥ずかしかったけど、ちゃんとお礼を言わなきゃなって。

朔くんは、気まずそうに指で鼻の頭をかく。

ほんのり耳が赤くなっている気もする。

それが余計にあの時のことを思い出させて、恥ずかしさを加速させた。

バクバクバク……。

嫌でも心臓が早くなっちゃう。

なんとなく気まずい空気が流れたのがわかり、私はカルピスをゴクッと飲んで言った。

「ご、ご飯もつくらないで寝ちゃってごめんね。今日はなんだかすごく疲れちゃって……」

「いーよ。疲れてんのに、姉貴の相手させて悪かったな」

「ううんっ……。すごく楽しかったよ」
　それは本当だもん。
　希美さん、すごく面白くていっぺんに大好きになっちゃった。
「小春ってさ」
「ん？」
「男の前で強がったりするタイプ？」
「えええっ？」
　急にそんな話題を振られてびっくりする。
　一体なんの話!?
「姉貴の話にやけに賛同(さんどう)してたから」
　……ああ、そういうことか。
「わ、私は恋愛経験ないからよくわからないけど……。でも、そういう男の人ってズルいなって。俺がいなくてもお前は大丈夫……なんて。べつに、守ってもらおうとか、甘えるために、彼氏っているものじゃないと思うから……。希美さんには悪いけど、希美さんのことほんとにちゃんと見てたのかなって。別れてよかったと思う」
　きっぱり言い切ると、朔くんは驚いたような目を向けてきた。
「え……」
「あ、お姉さんのことなのに、なんかごめんね」
「いや、べつにいいよ」
「私なら、弱いから……なんて理由では選んでほしくないなって思うのも本音で……。だって、結局はその人に甘え続けちゃうってことだよね？　逆に甘えないから俺がいなくても大丈夫なんて、男の人の自己満だよ！」

あっ、つい熱くなっちゃった。

「……っていうのは、あくまでも私の意見で……」

あわてて弁解するように苦笑いすると、朔くんも口を開いた。

「まぁ……姉貴の場合は、ちょっと特殊(とくしゅ)だけどな。俺は今まで女に特別興味もなかったからあれだけど。姉貴みたいな女もビミョーだけど、甘えたいだけで寄ってくる女も勘弁かな」

ん……？

今まで？

ってことは、最近はそうでもないってこと？

朔くん、女ギライだけど、やっぱり彼女はいるのかな？

……これだけカッコよかったら、いて当然だよね。

そう思ったら、なぜだか胸がズキンと痛くなった。

「朔くん、女の子苦手なのにごめんね……私なんかが居候させてもらって。男の子がいるって聞いてたけど、もっと小さい子だと思ってたの。高校生って知ってたら、ちゃんと断ってたのに」

へこんだついでに謝る。

私と目が合っても逸らされることが多いし……やっぱり私は嫌われてるのかな。

「いいよ」

「え？」

「女は苦手だけど、小春はいいよ」
　ドキッ。
「じゃあな、おやすみ」
　そう言うと、逃げるように階段をのぼって行ってしまった朔くん。
　小春はいいよ……って。
　どういう意味なんだろう……。
　ドキドキ……小さな胸の高鳴りは、いつまでたっても収まらなかった。

　翌朝。
　いつも通りに起きて朝食を作っていると。
「うーん、よく寝たあ」
　あくびをしながら、希美さんがリビングへやってきた。
「おはようございます」
「あ、小春ちゃんおはよ！　私、どうやって布団に行った？　ぜんぜん記憶(きおく)にないんだけど〜」
「朔くんが運んだんですよ」
「えー、マジで？　いつもソファに放置するアイツが？」
　なんて言いながらも、希美さんは嬉しそうにふふふと笑って洗面所に消えて行った。
　その間に、私は作っておいた雑炊(ぞうすい)を温めなおして、お茶と一緒にテーブルの上に置く。
「すごくいい匂いするね」
　シャワーを浴びて戻ってきた希美さんが、鼻をくんくんさせた。

お化粧を落としても目鼻立ちがハッキリしているせいか、ものすごく美人なことには変わりない。

さすが、この家の人は全員顔立ちがキレイだなぁ。

「朝ごはん雑炊にしたんですけど、食べれますか？」

お父さんが飲み会で二日酔いのときは、これを作ると喜んでくれたんだ。胃に優しくて二日酔いでも食べれるって。

「ええっ、マジで？　小春ちゃん神じゃん！」

希美さんは、大きい瞳をさらに大きくさせて喜んでくれた。

「うん！　めっちゃおいしいっ！」

早速、パクパク食べてくれる。

良かった！

「はよ」

そこへ、朔くんもやってきた。

ドクンッ。

なんだか意識しちゃう。

『小春はいいよ』

昨日の夜、そんなこと言われたから。

今日はゆっくりだったから、自力で起きてこれたみたい。土日は起こさなくていいから助かる……。

黒いTシャツに、グレーのハーフパンツっていうラフな格好のまま、朔くんはテーブルにつく。

「小春ちゃんてお料理得意だったんだね！　昨日はごめんね。ヘンなもん食べさせちゃって」

　希美さんはペロっと舌を出す。
「そんなことないですっ。それに、私も全然得意なんかじゃないですって」
「謙遜(けんそん)しなくていいのよ〜。これじゃあ、アンタもガッツリ胃袋掴まれちゃってんじゃないの〜？」
「ブッ」
　すると、お茶を吹きだす朔くん。
「私は歓迎(かんげい)よ〜、小春ちゃんならっ」
「え？　なにがですか？」
　なんのことだろう。
　首を傾(かし)げた私に。
「小春はわかんなくていいから」
　軽くあしらう朔くん。
　なんのことかちょっと気になるけど……。
「朔くんも雑炊食べる？」
「ああ」
　それから３人で、少し遅い朝食をとった。
　食べ終わると希美さんは、約束があるみたいで帰る支度をはじめた。
「そうそう」
　すると、思い出したように、希美さんがバッグをあさって。
「今度の夏祭りで友達が屋台だすのよ。それで、チケットをもらったの」
　差し出されたのは、焼きトウモロコシとラムネがもらえるチケット。

「あー。これ、そこの河川敷(かせんじき)のお祭り？」

朔くんが言った言葉に、胸がどくんっと跳ねた。

だってそれこそが、私が待ち焦がれたあのお祭りだから。

すると、希美さんがパチンと手をたたく。

「ちょうど２枚ずつあるし、ふたりで行ってきたらいいじゃない」

「ええっ!?」

「はあっ!?」

私と朔くんの声が重なる。

ふたりで……って。

「ってことで、アタシ帰るから。小春ちゃん、ごちそう様ー！」

希美さんが帰ると嵐が去った後のように、家の中が静かになった。

残されたのは、私と朔くん、そしてチケットが２枚ずつ。

希美さん、もう少しいてくれたらよかったのに。

昨日のこともあって、朔くんのことをなんとなく意識しちゃう。

「どーする？」

「へっ？」

わっ、ヘンな声出ちゃった。

「ど、どうする……とは？」

恐る恐る聞く。

「姉貴もああ言ってたことだし……一緒に行く……？　祭

り……」

　朔くんが、チケットを掲げる。

「えぇっ？」

　私と朔くんが!?

　そんなことしたら、朔くんのファンクラブの皆様に何をされるか。

　そんなのムリムリ！

　もう、あんな思いしたくないよ。

　それに……。

　そのお祭りでは、サキちゃんとの10年越しの再会を約束してるし。

「あ、あの……私、別の人と約束してて……」

　正直に告げると、ハッとしたような顔を見せた朔くん。

　バツが悪そうに、視線を逸らした。

「じゃあソイツと使えよ。……ちょっと出かけてくる」

　そう言ってチケットを私に押し付けた朔くんは——。

　夜まで帰ってこなかった。

「朔くん、お帰り」

「……」

　８時ごろ帰ってきた朔くんは、出て行った時と変わらず不機嫌だった。

　無言でちらりと私を見るだけ。

　まるで、以前の教室で見ていた朔くんみたいに怖くてビクッと肩を上げた。

「あ、あのご飯は……？」

　恐る恐る声を掛ける。

「……食ってきた」

「そっか……」

　今日は休みだったから、時間をかけてビーフシチューを煮込んだのに。

　一緒に食べようと思って待ってたし、ちょっぴり残念。

「それから」

　不機嫌な目を私に向ける。

「もう明日から、俺のこと起こさなくていいから」

　それだけ言うと、部屋へ引き上げてしまった。

　どうしたの？　朔くん……。

　私、なにか怒らせるようなことしちゃったかな。

　でもいつにない怒りを感じて、翌朝、私は朔くんの部屋に立ち入ることが出来なかった。

LOVE♡3

気になって、仕方ない。

【朔side】

「お前朝から機嫌わるいなー」

「珍しく遅刻もしたしな」

　ダチから揶揄される俺は、今日学校を遅刻した。

　小春に、もう起こすなって言ったんだ。

　言い方が少しキツかったってのもあると思うが、本当に起こされず。

　目が覚めたのは９時過ぎで、まんまと１限目の英語は欠席になってしまった。

「もともと悪い人相が、さらにひどくなってるぞ」

「……黙れよ」

　柄にもなく、小春を祭りに誘ってアッサリ振られた俺。

　カッコわりい……。

　慣れないことなんてするもんじゃないな。この俺が、なにを血迷って女を祭りになんかに誘って……。

　一昨日は、あれからひとりで繁華街をふらついて、ゲーセンに行ったりした。

　そんな中、年上年下カンケーなく、何人の女に声を掛けられたか……。

　俺の見た目だけで寄ってくる女なんか、うんざりだ。

　そう思いながら家に帰って、小春の顔を見た瞬間ホッとした俺。

俺、もしかして、小春のこと……。

「やっぱ石黒さんもいいよな～、あの顔で罵られてみたい」

「お前はMかよ」

いつものように、女子を選り好みして言いたい放題言っているダチ。

「でも、石黒さんガード堅そうだよなあ。うっかり手を出したらヤケドしそう」

そんなことを言って、大げさに身震いする。

……勝手にヤケドしてろよ、アホ。

彼女がいるだけじゃ満足できねえのかよ。

「でもさ、俺は相沢さん推しだな～」

……あ？

仲間のひとりの言葉に、俺は眉がピクッと動いた。

「癒されそうじゃね？　なんか守ってあげたくなるっつうか」

「あー、それわかるかも。つき合うなら派手目の子がいいけど、結婚するなら相沢さんタイプだよなあ」

「わかるわかる」

おい、なんで急にみんな小春推しになってんだよ。

無性にイライラが募る。

今まで散々好き勝手女子を選り好みしてもなにも思わなかったが、小春がその対象になったとたん面白くない感情が沸き上がったんだ。

「アイツはダメだ」

気付いたら、思わず口走っていた。

「は？　アイツって、相沢さん？」
　仲間が一斉に俺を見る。その目はどれもまん丸だ。
「朔、おまえ、もしかして……」
　ハッ！
「ち、ちげーよ。守ってあげたくなるなんて理由で好きになるなってことだよ」
　……小春も、そういうのキライって言ってたし。
　汗がドバっと出てきたが、それを悟られないように平静を装う。
　どうか、涼しい顔をしていてくれ、俺。
「はあ？　やっぱお前の価値観わかんねえ。守ってあげたいなんて、好きになるベスト３には入るだろうよ」
「だよなー。お前も早く好きな女見つければ？　そうすれば、もう少しこっち側の気持ちがわかるからよ」
「……チェッ、えらそうに」
　そう悪態をついたが、内心ひやひやだった。
　無意識だった。
　あんなこと口走って。
　でも、小春を誰かに取られるのがイヤだと思ってしまったんだ。
　うちに居候して、情が湧いたからか？
　うまいメシを作ってくれてるからか？
　ちがう……それとはもっと違う何かが……。
　喉の奥に何かが引っかかっているような気がして、すっきりしないんだ。

あーわかんねえっ。

俺は居心地が悪くなり、席を立った。

「……っ」

教室を出て行くのと入れ替わりに、誰かが入ってこようとしてぶつかりそうになる。

そいつはドアから教室の中をのぞきこんだ。

「小春ちゃん！」

……あ？

慣れ慣れしく小春の名前を呼ぶそいつは、あの生徒会副会長だった。

俺よりも背は低く、黒ぶちメガネをかけていて、ネクタイも首元まできっちりあげていて、いかにも生徒の模範(もはん)を絵にかいたような男。

いそいそと廊下に出てきた小春は、ほんのり頬(ほお)が赤く染まっている。

……は？

……なんの話してんだよ。

俺は窓の外を見るふりをして、そばで聞き耳を立てた。

「また子猫の写真が増えたからさ」

副会長はおもむろにポケットからスマホを取り出し、小春の前に見せた。

「きゃああっ、かわいいですね～っ」

動物で釣るなんて、下心まるわかりだっつうの。

頭と頭を寄せ合って笑顔でスマホをのぞきこむふたりの姿に、今まで抱いたことのない感情が沸き上がってくる。

　あー、むしゃくしゃする。
「わぁっ、これもめっちゃ可愛いです～」
　ふわりと柔らかく下がる目元、優しく上がる口元。
　あー、もう。
　んな無防備な笑顔、男の前で見せてんなよ。
　イライラして足を踏み鳴らしながらチラ見していると、そいつがあり得ないことを言う。
「よかったら、家に子猫見に来ない？」
　……は？
　なにサラッと家に誘ってんだよ。
　そんなの行くわけ――。
「ええっ、いいんですか⁉」
　おいっ、行くのかよ！
　ウソだろ⁉
　俺は目を見開く。
　なんの危機感もなくニコニコしている小春。
「うん。明後日なら、生徒会の仕事もないし」
「行きます！　猫ちゃんて何が好きなんだろう。やっぱりちゅ～るですか？　ふふっ、沢山買って持っていきますね」
「きっと喜ぶよ。じゃあ、明後日放課後、教室まで迎えに来るから」
　エセくさい笑顔なんて見せやがって。
　真面目腐った頭んなかでは、いやらしいことばっか考えてんだろ。
「はい！　じゃあまた明後日」

小春は俺に気づかず、スキップしながら教室に戻っていった。

チッ。

絶対に行かせるかよ。

家に帰ったら、とことん追及してやるからな。

結局その日、俺は一日イライラがおさまらなかった。

なんで、怒るの？

「うわー、びしょびしょだ～」
　午後からザーッと雨が降ってきて。
　帰りの時間帯にはもう土砂降りで、傘なんてぜんぜん役に立たなかった。
　もう、嫌になっちゃう。
　家に着くころには全身びしょ濡れになってしまい、家に帰るとすぐにお風呂場へかけこんだ。
「ふー、あったかかった」
　冷え切った体を温め、お風呂場を出て、脱衣所で部屋着に着替え終わったとき。
　――ガラッ！
　勢(いきお)いよく、脱衣所のドアが開いた。
　……え？
「きゃあぁっ！」
「うわぁぁぁぁ！」
　一瞬の間のあと、響くふたつの叫び声。
　目に飛び込んできたのは、朔くんの……ハダカ!?
　ひやぁっ……！
　私は慌ててくるりと背を向ける。
　同時に、朔くんが出て行って扉が閉まった音がした。
　な、なに、今の……。
　ドクンドクン……。

温まった体が、さらに熱を上げていく。
一瞬だったけど、思いっきり目に焼き付いてる。
程よく筋肉のついた胸元が、露(あらわ)になった姿を……。
男の子の上半身なんて、プールや海でいくらでも目にしているけど。
あまりにも不意打ちすぎて、心臓に悪いっ……。
「か、鍵くらいかけとけよ！」
扉の向こうからは、焦ったような朔くんの声。
「ご、ごめんっ。びしょびしょで慌ててたから忘れちゃって」
いつもお風呂に入るときは脱衣所に鍵をかけるんだけど、すっかり忘れてた。
それに、朔くんもまだ帰ってないから油断してた。
「忘れてたって……はぁ……」
盛大なため息が聞こえてくる。
そうだよね。
朔くんだってびしょ濡れだろうし、帰ってきたら、お風呂場に直行するよね。
服を着終わったあとで良かった。
もしも……って思うと生きた心地がしない。
「じゃ、じゃあ出ます……」
「ああ」
断りを入れてからドアを開けて朔くんを見ないようにして出て行くと、入れ替わりに朔くんが脱衣所に入る。
「お先にごめんね」
私は逃げるようにリビングへ向かった。

あー、びっくりした。

朔くんの機嫌がなおってるかな、どうやって話そうかなって不安だったけど。

思いがけず話せて、これはこれでよかったのかも。

私はキッチンで、ふたり分のホットココアを用意して朔くんが来るのを待った。

「すっげー雨だな」

しばらくして、お風呂から出てきた朔くんがリビングへ入ってきた。

さっきの上半身を思い出して、ドキッとする。

一瞬だったけど、細身に見えてしっかりと筋肉のついた男の子らしい体だった。

寝ぼけて抱きしめられた時に、がっしりしているなぁとは思っていたけど、その筋肉のせいだったんだ。

……って、そのときの感覚がリアルによみがえり、顔が熱くなる。

「どうかした？」

「へっ？　ううんっ……。そ、そうっ、テレビでも数年に一度の大雨だって言ってる」

恥ずかしさをごまかすように、つけていたテレビの音量を上げた。

テレビでは、レインコートを着たお兄さんが、海岸から中継している映像が流れていた。

マイクを持っている手はびしょ濡れで、なんだか気の毒……。

朔くんは、ソファに座りテレビを食い入るように見つめる。

「さっきは、本当にごめんね」

私は、ホットココアを朔くんの目の前に置いた。

「サンキュ。いや、俺の方こそ、急に開けて悪かったな」

お互いに少し気まずさを持ちながら、向かい合ってホットココアを飲む。

フワッといい香りが鼻腔(びこう)をくすぐる。

やさしい甘さが体中に広がる。

「しばらく止まなそうだな」

朔くんの目線をたどると、窓から見える庭の木が、風に激しくあおられていた。

ゴーゴーと不気味な音も鳴っていて、まるで台風みたい。

「うん。明け方くらいまで続くみたい」

「マジかよ」

朔くんはゲーって顔をする。

そう言えば、今日朔くんは遅刻したことを思い出した。

「今朝はごめんね、起こさなくて……」

起こすなって言われたからほんとに起こさなかったんだけど、まさか遅刻するなんてびっくりしちゃった。

「いいよ、俺が起こすなって言ったんだし」

「でも……。朔くん、全然来ないから気が気じゃなかったよ」

「俺も焦ったわ。起きたら9時だし」

そう言って、フッと軽く笑う朔くん。

「眠りが深いの？　夢なんて見ないでしょ」

「夢かー。見てるような見てないような……。でも、寝たらすぐ朝になってることが多いな」
「あははっ、それってめちゃくちゃ熟睡してるよね？　私なんて、夢のロードショー３本立ての日もあるもん」
「はあ？　なんだそれ」
　おかしそうにケラケラ笑う朔くん。
　ソファにもたれかかりながら長い足を組んでカップを口につける姿は、同じ高校生とは思えないくらい色っぽい。
　濡れた髪が、余計に大人度を上げている。
　ファンクラブが出来るのも、納得。
　そりゃ、こんな私みたいなちんちくりんが朔くんに接近してたら、はぁっ!?ってなるよね。
　でも……。
「あの……明日からやっぱり、起こしていい？」
「……っ」
「だって、今日みたいに遅刻したら困るでしょ？」
　１時間目に現れなくて、起こさなかったことを後悔したんだ。
　来るまでほんとに落ち着かなかった。
「……べつにいーけど」
「じゃあ、起こすね」
　自分から抱きしめられに行くようなものだけど、それも含(ふく)めて覚悟(かくご)を決めて言う。
　朔くんもそれがわかるからか、ちょっぴり気まずそうに目をそらす。

「あっ、そうだ！」

　私は、朔くんに英語のノートを差し出した。

「なにこれ」

「今日の英語でやったところ。授業出てないから困ってると思って」

　朔くんは、目を丸くする。

「もしかして、もう誰かに借りちゃった？」

　だったら、ただのおせっかいだよね。

　あわててノートを引っ込めようとすると、奪うように引っ張られた。

「誰にも借りてない。いる」

「あ、うん」

　こんなに素直に受け取ってもらえるとは思わなかったけど……なんか、うれしい。

　それを膝の上に置いた朔くんは、思い出したように口を開いた。

「小春さ、あの先輩の家に行くの？」

「あの先輩？」

「生徒会のヤツだよ」

　えっ、どうしてそれ……。

　確かに今日、平井先輩がたずねて来て、子猫を見に行くって話になったんだけど。

「な、なんで知ってるの？」

　朔くんが知ってることに驚いた。

　真希ちゃんと蘭子ちゃんには言ったけど、他の人に知られるはずなんてないのに。
「廊下であんなデカい声で話してれば、丸聞こえだって」
ウソッ……!
先輩と話してるのを聞かれてたんだ。
めちゃくちゃ恥ずかしい。
私、顔がニヤけてたかもだし。
「男の家にホイホイ行こうだなんて」
朔くんは吐き捨てるように言うと、ココアを飲み干した。
むむっ。
「ホイホイって! 人聞き悪いよ……」
こんな風に吹っ掛けられれば、負けず嫌いの私は、ムキになっちゃう。
「私、猫が好きなの。先輩の家にはたくさん猫がいて、それで……!」
「つうか、行くなよ」
反対に、やけに冷静な声が落ちた。
真顔になって注がれたのは、射抜(いぬ)くような目。
「えっ……」
どくんっ。
整いすぎた顔面でそんなことを言われて、思わず言葉を失う。
「“え”じゃねえよ。なんかあったらどうすんだよ」
「な、なんか……って?」
キョトン、と首を傾げれば。
「とにかく行くな。ここに住んでいる間は、俺の言うこと

聞けよ。なんかあったら俺の責任になるんだし、小春の家族に面目(めんぼく)立たねえだろ」
「そ、そんな大げさだって！　平井先輩はそんな人じゃないよ」
「平井先輩とやらは随分(ずいぶん)信用されたもんだな」
　舌打ちを交えながら言い放つ朔くんは、かなりイライラしている様子。
　ちょっと怖い……。
　せっかく、機嫌が直ったと思ったのに。
「だって……今年の模範生徒にも選ばれているし、なにより動物好きの人に悪い人なんていないでしょ？」
「お前、だまされるタイプだな。そのうち変なツボとか買わされそう」
「ちょっ……！」
　変なツボって。
　確かにお母さんは通販番組にあおられて、よく電話しちゃってるけど。
　私だって、必要なものとそうじゃないものの区別くらいつくもん！
「とにかく、今すぐ断れよ」
「今？」
「ああ、俺の目の前で」
「でも……」
　それはムリだな。
「なんだよ、なにか問題でもあんのか？」

「私、平井先輩の連絡先知らなくて……」
　残念なことに、連絡先を交換するような仲じゃないんだ。
　男の人との連絡先の交換ってどうするんだろう？
　私、そういうのを簡単に出来るタイプじゃないから、男の子の連絡先なんてスマホにひとつも入ってない。
「あ、そっか……」
　すると朔くんは、急に声音(こわね)が弱くなる。
　なんだか、ホッとしたような感じに。
「だから、明日ちゃんと断る」
「……ん」
　そう言うと、短く言葉を発した。
　ふう……。
　どうしてそんなに心配するんだろう。
「祭りもそいつと行くのかよ」
「ち、ちがうよっ！」
「どうだか」
　信じてないって風に、鼻で笑う。
　だから、つい言っちゃったんだ。
「10年前に一緒にお祭りに行った女の子がいて、その子とお祭りで会おうって約束してるの」
「は……？」
「お泊りして、お祭りにも一緒に行って。その時にサキちゃん……あ、その子の名前なんだけど、10年後にまたここで会おうって言ってくれたの」
　何度語っても、酔いしれちゃうくらいロマンチックなお話だと思う。

なのに、朔くんは無反応。

能面のような顔をして、私をじっと見てる。

……もしかして、バカにしてる？

「そんなの、相手が覚えてるワケないって思ってるんでしょ」

私はちょっと膨(ふく)れる。

でも、きっと覚えてくれてる。そう信じてるんだから。

「指輪もくれたの、可愛いでしょ」

この間、真希ちゃんたちにしたみたいに、手を広げて見せる。

「へー……」

思った通り、反応は薄くて。

……つまんないの。

男の子に見せてもしょうがないか。

「興味ないか……じゃあ、ご飯つくるね」

私は立ち上がって、キッチンへ向かった。

夕飯の時間、朔くんはなんだかうわの空だった。

魂(たましい)が抜けちゃったみたいに。

どうしたんだろう？

無言の食事のBGMは、ゴーゴーとなる雨風の音だけだった。

君を、探していた。

【朔side】

待て。待てよ。

メシが終わり、部屋に駆け込んだ俺は、部屋の中を落ち着きなく行ったり来たりする。

『10年後にまたここで会おうって約束した子がいるの』

小春がウキウキしながらそんなことを話した瞬間、昔の記憶がビビビ――と、走馬灯（そうまとう）のようによみがえった。

あの、ときどき思い出していた、懐かしい笑顔と共に――。

あれはたしか、小学校に上がる前の夏だった。

そのとき俺は、まだここには住んでおらず、母親の昔からの友達に会いに、この街に遊びにきたんだ。

その友達には、俺と同じ年の女の子がいた。

俺はそのころ、幼稚園で女のボスやそいつを囲んだ一味から、パシリのような扱いを受けていた。

お母さんごっこでは、人間の役すら与えられず、犬として、首輪まがいの紐（ひも）をつけられたり。

遊んでいても、心から楽しいなんて思える時間はなかった。

だから、その子にももちろん警戒心を持っていたんだが、びっくりするほど俺に優しくしてくれたんだ。

俺が転んでひざをすりむいて泣いたら「大丈夫？」と言っ

て、水で流し絆創膏を貼ってくれた。
　いつもだったら、女のボスたちに笑われて終わりなこの俺に。
『さくちゃん』
　そう言って笑う顔は年々俺の記憶から薄れていったが、それでもその時の匂い、感覚はずっと褪せず。
　女ってものに夢が持てない中でも、それだけは忘れてなかった。
『10年後、またここで会おうよ』
　その子との別れ際、確かに俺は言った。
　当時俺たちは６歳。10年経てば、16歳になる。
　姉貴は常日頃、『16歳になったら王子様が迎えに来てくれないかな～』なんてよく言っていた。
　どうやら16歳になったら結婚出来るようで、シンデレラのようにどこかの王子様に、迎えに来てもらうことを夢見ていたんだろう。
　だからだ。その子が16歳になった時に、俺が迎えに行く……そんな思いで言ったんだ。
　なんてキザな俺。
　しかも、その子が16歳なら俺だって16歳で、迎えに行ける年齢じゃないっていうのを知ったのは、随分先のこと。
　その相手が……まさか、小春だったのか？
「うそだろ……」
　俺は放心状態でベッドに倒れこんだ。
　小春には、最初から他の女に感じるような嫌悪感がなかった。

　それは、同居人だからでもなく。

　メシがうまいからでもなく。

　小春だったから……？

　あの時感じた雰囲気が、そっくりそのまま残っていたから……？

　──ゴゴゴゴゴッ……！

　その瞬間、ものすごい地響きが鳴ったかと思ったら、パッと部屋の灯(あか)りが消えた。

　なんだ？

　──パリンッ！

「きゃあああああっ！」

　階下からは、悲鳴と共に皿の割れた音がして、俺は部屋を飛び出した。

「どうしたっ!?」

　家全体が真っ暗だった。

　雷がどこかに落ちて停電でもしたんだろう。

　暗さに目が慣れてないせいで、手で周りをさわりながら一歩一歩階段を下りていく。

　当然１階も真っ暗。

「小春っ！」

　だが、勝手知ったる自分ちだ。

　暗闇(くらやみ)のなかでも、迷うことなくリビングへ入る。

　皿が割れたってことは、キッチンで洗い物でもしてたに違いない。一心にそこを目指していくと。

「……っ」
　足元に触れた小春の感触。
「大丈夫か？」
　小さく丸まっていた様子の肩に触れると、小春は「うん」と頷いた。
　小春の体は小刻みに震えていた。
「強がんなよ……震えてる」
　大人しそうに見えて、実は負けず嫌いで。
　さっきもムキになって俺に食って掛かって。
　今、俺が触れているのは、ずっとその影を追い求めていたあの子……。
　そう思ったら、心臓が大きく暴れだした。
「暗いの、苦手で……」
　確かに、突然真っ暗になったら怖いよな。
　しかもここは人んちで、頼れる家族もいないわけだし。
「ごめんね……ビックリしてお皿割っちゃった」
「んなのいーって、それより、ケガしてないか？」
「うん」
「よかった」
　なんで俺、気づかなかったんだ？
　こんなに近くにいたなんて……。
「朔、くん……？」
　気付けば、小春をぎゅっと抱きしめていた。
　戸惑ったような声で名前を呼ばれ、はっと我に返った。
　そのとき、パッと部屋の灯りがついた。

　キッチンのシンク前で、しゃがみ込んだまま抱き合うようになっていた俺たち。
　小春が、慌てて体を離す。
「ご、ごめんね……」
「ああ」
　俺は立ち上がって、あたりを見回す。
　全ての電気は元通り。
　やっぱりどこかに雷が落ちて、一瞬停電した様子。
「あっ……」
　シンクの中をのぞいた小春が、割れた皿を取ろうとしたから。
「小春は触んないで、俺がやるから」
　俺は割れた皿を拾い、袋に入れていく。
「ごめんね……」
　そのそばで様子を見守る小春が、申し訳なさそうに謝る。
「いいって、皿なんて腐るほどあるし」
「ふふっ。お皿は腐らないけどね」
「だよな」
　自分で言って、笑う。
「ほんとにごめんね？　私、暗いところすごく苦手で。なんていうか、一瞬にして、世界にひとりぼっちになったような気がして怖くなるの」
「ああ、わかるかも」
　暗闇って、気持ちまで吸い取られるような変な感覚があるからな。

　小春の意見に賛同すると、パッと目を輝かせる小春。
「だよねっ！　こういう感じってなかなかわかってもらえないから、なんか嬉しい」
　そう言って、本当に嬉しそうな顔をする。
　ドクンッ。
　……やべえ、その顔が見れない。
　毎朝抱きしめる小春のことを、心地いいと思っていたのも、俺の気持ちが入っていたからだったんだろう。
　今すぐ打ち明けたかった。
　俺が、10年前一緒に夏祭りに行った相手だって。
　でも小春は今年の夏祭りで、10年越しの再会を楽しみにしてるんだろ……？　“サキちゃん”、との……。
『さくちゃん！』
　たびたび思い出していた声は、本当は『サキちゃん』だったなんて。
　はじめて会った小春にまで、女だと思われてたなんて……。
　はあああ……情けねえ。
　俺だと知ったらがっかりするか？
　あーくそ。俺はどうすればいいんだ？
　待てよ。
　小春は夏祭りに行くんだろ？
　そのときサキちゃんが現れなかったら……。
　ショックだろうな……。
　夜通しそんなことを考えていたら、全然眠れなかった。

なんだか、イヤな予感

　昨日は突然の停電にすごくびっくりした。
　お皿まで割っちゃったし。
　自分の家じゃないから、暗闇のなかどうしていいかわかんなくて、パニックになっちゃったんだ。
　そしたら朔くんが飛んできてくれて……すごく安心した。
　抱きしめられたときは、びっくりした。
　私が怖がってたから、安心させてくれたのかな？
　びっくりしたけど、安心感の方が強くて。
　女ギライなはずなのに、無理してないかな……なんて申し訳なくも思った。
『女は苦手だけど、小春はいいよ』
　そう言ってくれた時のことを一瞬思い出したけど、それは一緒に住んでる間柄としてってことだよね。
　今朝、朔くんの部屋に入って起こしに行ったら、珍(めずら)しく声を掛けただけで一発で起きたんだ。
　ちょうど夢の切れ目だったのかな？
　抱きしめられなかったのは、よかったけど。
　ちょっと、拍子抜(ひょうしぬ)けしちゃった……。

「ねーねー、その後、永瀬との同棲(どうせい)生活はどうなのよ」
「えっ？　はっ？」

突然投げられた真希ちゃんの言葉に、面食らう。

同棲生活って。

その言い方、ドキドキしちゃう。

「なーんかさ、あるじゃん？　少女漫画とかで、朝起こしてあげるとかさ」

ぎくっ。

「ほら、昨日市内一帯停電したじゃん？　そういうとき、怖くてきゃーって抱きつくとかなかったの一？」

ぎくぎくっ。

「ま、真希ちゃん、少女漫画の読みすぎだよっ！」

まるで、見ていたかのような鋭い指摘に、私は冷や汗たらたら。

「きゃあ～、アオハルだね」

否定したのに、勝手に盛り上がる真希ちゃん。

真希ちゃんてば普段はポーカーフェイスなのに、言うことが結構乙女（おとめ）だから困るよ……。

「真希、わかってる？　相手はあの永瀬だよ。なーがーせ。そんなことあるわけないじゃない」

蘭子ちゃんは長い髪を払いながら、絶対にそんなことないというように鼻で笑う。

「そ、そうだよっ」

私も強くうなずく。

学校での朔くんを見ていれば、そう思うのは自然だよね。

私だって、びっくりしてるんだから。

――と。

「小春、これ返し忘れてた。さんきゅ」
　スッと、目の前に英語のノートが差し出された。
　えっと……これは確かに私のノートだけど……。
　ゆっくり顔をあげると、そこにはまさかの……朔くん!?
　ひいっ！
　私は心臓がドキンッと跳ね、固まる。
　ちょ、ちょっと待って！
　なんで普通に話しかけてくるの！
　しかも、名前で呼んだ!?
　ここ、学校なんだけど……!!
　女子には睨みをきかせて誰とも喋らないキャラで通ってる、あの“永瀬くん”だよ!?
　その声は、思いのほか響き渡ったようで。
　クラス内も時間が止まったかのようにシーンと静まりかえった。
　朔くんは、この空気に「え？」っていうような顔をしたけど、特に気にした様子もなく自分の席へ戻っていく。
「なっ、永瀬くんが女子と喋ってる！」
「なにが起きたのっ!?」
　一気にザワつく教室。
　ほらぁ～。
　ど、どうしようっ。
　朔くんが女子と喋って、しかも私のことを名前で呼んで。
　この後始末、どうしてくれるの!?
　ファンクラブ会員の田島さんも、眉をひそめながらこっ

ちを見ている。

ああ……絶対に聞かれたよね。

私は、体のいたるところから汗が噴き出して止まらない。

「結構楽しくやってんじゃないのおっ！」

肘(ひじ)で私をつついてくる真希ちゃんの顔は……それはそれは楽しそうだった。

そのあとは……思ったとおり、ううん、思った以上に大変だった。

休み時間のたびに、入れ替わり立ち代わり、いろんな女の子が私の所へやって来るのだ。

「ねえ、永瀬くんとどういう関係？」

「永瀬くんと仲いいんだねっ」

しかも、名前も知らない別のクラスの人にまで。

もうっ！

朔くんてば自分の人気、自覚してるのかな？

私でもわかるくらい女ギライを発動しておいて、あんなふうにいきなり話しかけてくるなんて……反則だよっ。

それでも……心のどこかで嬉しいって思うのはどうしてだろう？

その日、朔くんに言われた通り、平井先輩には家に行くのを断った。

残念そうな顔をされたけど、深く追及されることはなく「わかった」と言ってくれたからよかったけど。

こんな人のよさそうな先輩が、なにかするなんてあるわけないのに。
朔くんてば心配しすぎだよ。
単純に子猫ちゃんたちに会えないことが、私は残念だった。
家に帰ると、私は早速文句を言った。
「朔くん、今日のあれだけど……」
「なに？」
朔くんは全然わかってないみたいで涼しい顔。
ソファに座りながら、のんきにスマホで動画なんか見てる。
私は、はぁ……とため息をつきながら諭(さと)した。
「私にノート返してきたでしょ？　……しかも、小春って呼んで……」
「それがなにか？」
「なにかじゃないよ！」
私はソファをバンとたたいた。
「なに怒ってんの」
「そりゃ怒るって。あの“永瀬くん”が急に女子と喋ったり、名前で呼んだりしたら暴動が起きるって言ってるの！」
そう言っても、まるでピンときてない様子。
ポカンとした顔で、私を見ている。
……ほんと、もっと自分の人気を自覚してほしいよ。
「大げさだなあ……」
長い足を組み替えながら笑う朔くんは、ことの重大さが全くわかってない。
「だって、ファンクラブまであるんだからね」
　だから、今度こそわからせようと思ったんだけど。
「ああ、俺もそのウワサ知ってる。ファンクラブなんてあるわけないじゃん」
　笑い飛ばして全然本気にしてない。
　それが存在するんだってば！
「もう……とにかく、一緒に住んでることヒミツって朔くんが言ってきたんだから、その辺はちゃんと守ってよね」
「はいはい」
　自分で言ったことを壊しに掛かってくるなんて意味不明だよ。
　わかっているんだかいないんだか曖昧(あいまい)な返事を聞いたところで、スマホに電話が掛かってきた。
「ん？　誰かな？」
　電話なんて珍しいな……と思いながらソファにおいてあるスマホを手に取ると、登録していない番号からの電話だった。
　無機質(むきしつ)に数字が並んでいるだけ。
「もしもし」
　出た瞬間、ブチっと切れた。
　……え？
　取った途端切れるって、気味悪いなあ。
「どうしたの？」
　首を傾げていると、朔くんはそんな様子を見ていたみたいで問いかけてきた。
「出たら切れちゃった」
「誰？」
「えっと、知らない番号から……」
「ふーん……」
　用があるならまた掛かって来るかと思ったけど、しばらく待っても掛かってこなかった。

　それから何日か経って……。
　体育の授業で、更衣室に行こうとすると。
「あれ……？」
　うしろのロッカーに入れておいたはずのハーフパンツが見当たらなくてキョロキョロする。
　どこに行っちゃったんだろう……？
「小春、どしたの一？」
　私の不審な動きを察した真希ちゃん。
「あの、ハーフパンツがなくて……」
「えー？　忘れたんじゃなくて？」
「うん、絶対にあるはずなんだけど……」
　使ったらすぐ洗濯して、次の体育のときに使えるように持って来ているから。
「小春、とりあえずこれ使いなよ」
　蘭子ちゃんが渡してくれたのは、去年の卒業生からもらったというハーフパンツ。
　うちの学校では、仲の良い後輩にハーフパンツを引き継ぐという謎の伝統があって。

顔が広い蘭子ちゃんは、いくつももらったみたい。

「うん、ありがとう」

体育が終わってからも、ほかの子のロッカーに間違って入ってないか聞いたけど、どこにもなくて。

もしかしたら真希ちゃんの言うように、持ってきたつもりで家にあるのかもしれないなんて思っていたんだけど……。

「相沢さん」

放課後。

私を訪ねてきたのは、顔は知っているけど面識のない女の子。

一瞬、朔くんのファンクラブ関係の人かと思って身構えたんだけど……。

「あ、それ」

その子が手にしているのは、ハーフパンツだった。

「あのね……。さっき、外にゴミ捨てに行ったら、ゴミ箱からこれが出てきて……」

言いにくそうに告げるその子が持っているのは、間違いなく私のものだった。

“相沢”って刺繍が入っていたから。

「これ、相沢さんのかなと思って……一応持ってきたんだ」

「そうなんだ、ありがとう！」

「もしかしたら捨てたのかなって思ったけど、捨てるとしても学校のゴミ箱には捨てないんじゃないかと思って……」

なんとなく歯切れが悪いのは、誰かに捨てられたって思っているからなのかも。

「わざわざありがとう！」

　だから私は反対に、明るく言って受け取った。

「じゃあ……ね」

　なんとなく申し訳なさそうに去っていく女の子を見送ると。

　ムリして緩めていた私の表情は、一瞬で固くなった。

　そして、冷たい汗とともに、バクバクと鳴りだす鼓動。

　どうして、ゴミ箱に……？

　……私のハーフパンツ、誰かに捨てられたの？

　まちがってゴミ箱に入るなんて、絶対にないよね。

　――と。

　朔くんに名前で呼ばれたときの、田島さんの冷ややかな瞳を思い出す。

　やっぱり、ファンクラブの人の仕業（しわざ）……？

『次に何かあったらファンクラブの罰則規定に従ってもらうから』

　あの時の会長さんの警告が、よみがえる。

　ただの脅しじゃないの？

　だったら……この先も何かされるの……？

　私は怖くて、ハーフパンツをぎゅっと抱えた。

「今日の体育、小春めっちゃ目立ってたな」

　家に帰るなり、朔くんが思い出したようにククッと笑った。

「えっ、見てたの？」
　蘭子ちゃんから借りたハーフパンツは、去年の３年生のだから赤色。
　私たちの学年色は青だから、ひとりだけちがうと嫌でも目立つんだ。
　朔くんにも見られてたんだと思うと、ちょっとへこむ。
「よく考えたら赤パンてカッコ悪いよな。学年色青で良かったわ」
「だ、だよね……わ、忘れちゃって、借りたの……」
　まさか、捨てられてたなんて、そんなこと朔くんに知られたくない。
　しかも、朔くんのファンクラブの人の仕業かもしれないんだし。
「なんだよ、どうかしたのか？」
　もっとムキになって返すことを期待していたみたいな言い方。
　私の言葉に勢いがないことに、拍子抜けしているみたい。
「ううん、なんでもないよ」
　ムリに笑顔を作ったとき、テーブルの上に置いていたスマホが振動した。
　画面を見ると、また知らない番号からの着信だった。
「もしもし」
　出た瞬間、ブチっと切られた。
　……え。また？
「あ……切れちゃった……」

「この間と同じとこから？」

思わず口にすると、朔くんは眉にしわを寄せた。

前にも同じことがあったから、朔くんも少し不審がっているよう。

「そうみたい」

前の履歴(りれき)と照らし合わせると、やっぱり同じ番号からだった。

出た瞬間切れるって……もしかしてイタズラ電話……？

「その番号に心あたりあんの？」

「ううん、まったく」

もしかしたら、ファンクラブの人からの嫌がらせかもしれないと思ったけど、そんなこと朔くんに言えるわけなくて。

「気味悪いな。今度その番号から掛かってきても出るなよ」

「う、うん」

心配してくれてるのか、意外にも真剣(しんけん)な目にドキッとした。

LOVE♡4

怖い、たすけて

　それから、さらに何日か経って。
　朝は、相変わらず朔くんを起こしに行って抱きしめられる日々。
　毎日毎日謝られるけど、平気なふりをする私。
　きっと、ぬいぐるみを抱きしめているくらいの感覚だろうし。
　いちいち意識してるなんて知られたら、きっとバカにされちゃうよね。
　それでも……実際は何回経験してもドキドキするのは変わらない。
　あの停電の日から、やっぱり朔くんを意識しちゃってどうしようもないの。
　暗闇の中で感じた朔くんの温もりが、忘れられない……。
　この感情を知らないわけじゃない。
　誰かを、“好き”って気持ち──。
　それでも、一緒に住んでいる男の子に抱く気持ちにしては、ものすごく心臓に悪いことだし、イケナイことだってわかってる……。
　でも、朔くんと過ごす時間が、今の私の唯一（ゆいいつ）の気持ちのよりどころなんだ。
　だって……あれからずっと、私に対する嫌がらせが続いているから。

手を洗っていたら、隣の水道を使っていた子が蛇口を上向きにしたまま勢いよく水を出して私に掛けたり。

廊下ですれ違うとき、肩を思い切りぶつけられたり。

それも、真希ちゃんや蘭子ちゃんと一緒にいるときはなくて、ひとりのときに限って。

そんなことが続けば、私だってただの不運だなんて思わない。

無言電話だってそうだし、帰り道に、誰かにあとをつけられているような気もするんだ。

きっと、ファンクラブの人たちが、示し合わせて私に嫌がらせをしてるんだと思う。

「最近顔が暗いよ？　何か悩み事？」

授業を終えてぼーっとしていると、真希ちゃんが私の肩をポンとたたいた。

「へ？　な、何もないよっ」

振り向いて、にこりと笑顔を作る。

そうすれば、見破られることなんてない。

「そっか〜……なんて言うと思った？」

真希ちゃんが、途端に真顔になった。

えっ……。

「私たちの目をごまかそうなんて、100年早いわよ」

視線を横にずらせば、同じような顔をした蘭子ちゃんと目が合った。

「小春は、私たちの可愛い妹みたいな存在なの。いつも私たちが癒されてる笑顔が少なくなってることくらい、お見通しだっての！」
　ううっ。さすが真希ちゃん。
　私が悩(なや)んでることに気づいてくれてたんだ。
「ねえ、そんなに私たちって頼りない？」
　蘭子ちゃんの言葉に、私は思いっきり首を横に振る。
　このふたりがそばにいてくれて、どれだけ最強かなんて言うまでもない。
　こんな平凡(へいぼん)な私と仲良くしてくれていることが、今だって夢みたいだもん。
「えっと……じつは、ね……」
　私は、最近の身の回りに起きていることを話した。
　ふたりは次第に眉が寄っていく。
「なにそれっ、明らかに嫌がらせじゃん、許せない！」
「永瀬と同居してること、バレたとか？」
　蘭子ちゃんの真剣な瞳に、私は首をふる。
「それはないはず。でも……この間、私に話しかけて来たでしょ？」
　ノートを返してきた時の話をすると、真希ちゃんはパチンと手を叩いて。
「それだよそれ！　ったく、今まで散々女子を毛嫌いしてたくせに、急に小春にあんなに親しくしたら誰だってわかるっていうの。自分の人気、自覚しろって話だよ」
　プリプリと怒りを露わにする。
「ファンクラブの奴らが結託(けったく)して、小春に嫌がらせしてるのは間違いなさそうね」

「小春、これから出来るだけひとりで行動しないで。うちらがぴったりついて、絶対に嫌がらせなんてさせないから！」
「うん、ありがとう」
　ひとりで抱えていたモヤモヤが、すーっとはれていく。
　もっと早くふたりに相談していればよかった。
　それからふたりは、私がどこへ行くにもついてきてくれて、場当たり的な嫌がらせは無くなった。

　そんなある日のお昼休み。
「あっ、しまった」
　教科係は授業が始まる前に先生の所に行って、配布物を持ってくるなどのお手伝いをしなきゃいけないんだけど。
　次が自分の係の英語だってことをすっかり忘れてしまっていた。
　蘭子ちゃんと真希ちゃんは、まだ水道のところで歯磨きをしている。
　私は駆け寄ってふたりに告げた。
「次英語なのすっかり忘れちゃってた、ちょっと行ってくるね！」
「ちょっと待って、いま口ゆすぐから」
「急がなくていいよ！　すぐ近くだし、ぱーっと行ってくるよ」
　泡だらけの口で軽く手を挙げた真希ちゃんににっこり笑い、私はひとりで英語の先生の元へ向かった。

いつまでも、ふたりに迷惑ばっかりかけていられないしね。

周りを気にしながら無事に先生からプリントを預かり、教室へ戻る途中。

ちょっと急ぎ足で階段を降りているときだった。

うしろからは全く人の気配なんてしなかったのに、急に横から人が現れて。

私を追い抜かす瞬間、思いっきり腕をひっぱられた――ような気がした。

「きゃあっ……!!」

はずみで私はバランスを崩し、残り2、3段というところで足を踏み外してしまう。

――グギッ。

踊り場に着地したとき、足首に衝撃を感じた。

現れた3人組の女子は、急に存在感を露わにして「わははは〜」と笑いながら、そのまま下へ降りて行った。

……今のは絶対にわざとだ。

私がひとりになったのを見逃さず、仕掛けてくるなんて。

「いたいっ……」

痛みに唇をかみしめながら、姿の見えなくなった階段下を見つめる。

顔も学年もわからなかったけど、あの人たちもファンクラブの人なのかな。

……そうだよね。

あえて、階段の上から突き落とすなんて大胆なことはしないけど、確実にダメージを喰らわせてくる。
　なんて巧妙な手口……。
　久々に受けた仕打ちにひどくへこみながらも、あたりを見れば散乱したプリント。
　今日の授業で使うやつなのに、汚れちゃったら大変。
　足の痛みをこらえながら、這いつくばるようにしてプリントをかき集める。
「だろ～？」
　その時、楽しそうな声と共に誰かが階段を降りてきた。
　恥ずかしいなぁ。
　顔を上げられずに、そのまま拾っていると。
「あれ？　相沢さん？」
　顔をあげると、それはクラスメイトの長谷川くんともうひとり……朔くんだった。
　ドクンッ！
　心臓が軽く跳ねる。
　こんなところをまた、ファンクラブの人に見られたらどうしようっていう想いと、朔くんを目にして胸が高鳴ってしまうこのジレンマ。
「何やってんの？」
　不思議そうに問いかけてきた朔くんの目線は、散らばったプリントに。
「えっと、足が滑っちゃって……」
　そう言うしかないから。
　へへっと笑って、ウソをついた。

「あーあ、それでプリントばらまいちゃったんだ。相沢さんてばそそっかしいんだね」

そう言いながら長谷川くんは、遠くまで散らばったプリントを拾ってくれる。

「あはっ、だよねっ」

私も笑い飛ばしたんだけど。

「大丈夫か？」

朔くんは、心配そうな顔で私の隣にしゃがみ込む。

「……っ」

あまりに顔が近くて思わず咄嗟に逸らした。

寝ぼけて抱きしめられるのには慣れたのに、こんな風に不意打ちで近づかれたら、嫌でもドキドキしちゃう。

動揺(どうよう)に気づかれないように、かき集めたプリントをもって立ちあがった瞬間。

「いたっ……！」

左足に激痛が走り、私は顔を歪(ゆが)めた。

さっき、グギッていったっけ。

もしかしたら、捻挫(ねんざ)しちゃったのかもしれない。

「どうした？」

それを見逃さず、すかさず声を掛けてきてくれた朔くん。

「えっと……ちょっと足が痛くて」

足をつくと激痛が走るから、手すりを掴みながらケンケンすると。

「バカ、それで階段降りる気か？」

朔くんが、私の手からプリントを奪って長谷川くんに託(たく)

したと思ったら。

「ひゃあっ……」

　私の視界は反転した。

「ちょ、ちょ、ちょっとぉっ!?」

　……なんと、私の体は朔くんに抱えあげられていた。

　不意に近づいたその顔の距離に、一瞬心臓が止まりそうになる。

「わお！　リアルお姫様抱っこなんて初めて見たわ」

　長谷川くん！　感心してる場合じゃないってば！

「るせーよ」

　冷やかす長谷川くんに、朔くんは私を抱えたままポーカーフェイスに階段を下りていく。

　ドキドキドキドキ……。

　朔くん……？

　そんなこと言って、ちょっと、耳元が赤い気がするんだけど。

　それを見た私も、全身が熱くなっていく。

「ごめんね……」

　女ギライなのに。

　聞こえているかはわからなけど、そうつぶやく。

　階段を降りたら下ろしてくれると思ったのに、朔くんはそのまま歩き続けるからビックリした。

「えっ……あのっ……」

　私の動揺もお構いなしに、２年生のフロアへと足を踏み入れる。

　これはさすがにまずいよ！
「あのっ、ちょっと下ろして!?」
　私は足をバタバタさせて訴えるけど。
「黙ってろって」
「いやっ、でも」
「その足じゃ歩けないだろ。ムリに使わないで安静にしとけよ」
　もしかして、教室までこの状態で運ばれるの!?
「ムリムリっ！」
　本音を言えば嬉しいけど、こんなの公開処刑（しょけい）だ。
　でも朔くんは、私の言うことなんて全く聞いてくれない。
「うそっ！　ちょっとあれ見て！」
「きゃー、なにあれっ……！」
　当然のようにざわつく廊下。
　朔くんが廊下を歩くだけでもみんなの視線が集まるのに、今の朔くんの姿はみんなにどう映ってるんだろう。
　廊下の脇にみんなが逸れて、朔くんが歩く道を開けているのがわかる。
　私は出来るだけ顔を隠す。
　スローモーションに見えるほど長く感じる時間だった。
「小春っ!?」
「どうしたのっ」
　教室に入った瞬間、顔を青くした真希ちゃんと蘭子ちゃんが駆け寄ってくる。
「えっと……」

一緒に住んでることを知っているふたりだけど、こんな姿にはびっくりだよね。

朔くんは私の席につくと、やっと下ろしてくれた。

「あ、ありがとう……」

「ん」

ひと言だけ言うと、なんてことない顔でそのまま自分の席に行ってしまう。

「なにがあったの!?」

「実は……」

ふたりに、階段での話をすると。

「それって絶対わざとじゃない！」

思った通り、蘭子ちゃんは目を吊り上げて怒った。

「ごめん、一緒にいてあげられなくて」

「ううんっ、私がぼーっとしてたのが悪いの」

「なんで小春はそうなの！　もっと怒っていいんだよ！　だって理不尽じゃん！　永瀬とちょっと仲良くしただけで逆恨みされるなんて。こうなったら永瀬に――」

「真希ちゃん待って！」

今にも、朔くんに向かって行きそうな真希ちゃんの腕を掴んで止めた。

「だってさ、こっちはケガまでしてんだよ！」

真希ちゃんはかなり怒っている。

目には涙も浮かんでいる。

私のことを心配してくれているのがすごくわかる。

「しばらくしたら、きっと飽きるから……」

こんなのはいつまでも続くわけじゃないって思ってるから。

騒げば騒ぐほど、相手は面白がる。

イジメって、そういうものだと思う。

むしろ、朔くんにそれを言ったことがバレたら、倍返しされるに決まってる。

ここはジッと耐えるしかないんだよ。

「小春、次なんかされたら私たちは黙ってないからね」

やけに冷静な蘭子ちゃんには、内に秘めた怒りがものすごく見える。

私は黙ってうなずいた。

足の捻挫は、数日ですっかり良くなった。

朔くんは、骨が折れてたら困るから病院に行けなんて言ったけど、大げさだよーって笑い飛ばした。

そして、その通りすぐに治ったし。

それよりも不都合なのは、私と朔くんの関係について色んな人から詮索(せんさく)されるようになったこと。

この間、ノートを渡されたときの比じゃない。

お姫様抱っこなんてよっぽどのことじゃない限りしないし、みんな少女漫画の読みすぎで、もうそれは大変だった。

『永瀬くんて、小春ちゃんのこと好きなんじゃない？』

なんて、言われることもあったけど。

みんなが思ってるような理由なんかじゃない。

一緒に住んでるから、朔くんは私に優しくしてくれてるだけなんだ……。

唯一その理由がわかる私は、周りからあり得ない想像をされるたびに、胸が痛かった。

「じゃあ、私今日バイトで急ぐけど、気をつけて帰るんだよ」
「わかった！　ありがとう。バイト頑張ってね」
「うん、バイバイ」
「バイバーイ」
今日は蘭子ちゃんが体調不良でお休みで。
バイトだという真希ちゃんは、ホームルームが終わると、私にそう念を押して足早に帰って行った。
あれから、ファンクラブの皆さんは急に静かになった。
私がケガをしたことで、ちょっとは心苦しく思ってくれたのかな？
そうだったらいいけど。
「ふふふ～ん」
足取り軽く、昇降口まで向かう。
晩御飯は餃子（ぎょうざ）を作るつもりで、昨日のうちにひき肉や皮は買ってあるんだ。
朔くんが友達との会話で、餃子が好きっていうのをこっそり聞いて。
ハンバーグも好きだし、ひき肉系の料理が好きなのかな？
男の子だから、お肉は好きだよね。
そんなことを考えながら、昇降口まで行った時だった。
──グイッ。

いきなり手をひっぱられたかと思ったら。

「そうそう～」

「だよね～」

「きゃははは～」

女子ふたりが私の両腕を掴みながら、わけのわからない会話をして校内へ戻っていく。

「えっ？　なに？」

両脇のふたりは、面識もなければ友達でもない。

いきなりのことに面食らっている間に、階段のところまで引き戻された。

えっ、どこに行くの!?

「まじ信じらんなくてさー」

「あーわかるー」

そこで気づいた。

この人たち、朔くんのファンクラブ関係……？

階段をのぼっている間にも、上から降りてくる生徒もいる。

こんな風に話していたら仲良しだと思われて、無理やり連れていかれてるなんて思わないだろうから。

「やめてっ、離してっ」

私が嫌がると、掴む腕にぎゅっと力を込められて。

「どこにっ――」

「だよねー」

「きゃはははは～」

私の声が漏れないように、大きな声をかぶせてくる彼女たち。
　こんなやり方卑怯だよっ……。
　今度はなにされるの……？
　私はあっという間に最上階までのぼらされていた。
　いつもは鍵が閉まっている屋上の扉は開いていて。
　屋上に足を踏み入れたところで、両脇のふたりは思いっきり腕を離した。
「ふふっ、来たわね」
　腕組みをしながら近づいてくるのは、ファンクラブの会長さん。
　それからこの間と同じ、ファンクラブの人だろうと思われる人が10人くらい。
「ねえ、この間言ったこと忘れたの？」
　鋭い目。
　この間のときよりも怖い。
　本気だ。
「アンタ、まさか朔さまに気に入られてるとでも思ってんの？　勘違いしてんじゃないわよ」
「そ、そんなことっ……」
「ちょっと優しくしてもらったからって、調子乗んなよ」
「……っ」
「可愛くもないアンタがどうして？」
　グッと唇をかみしめる。
　そんなの……わかってる。
　朔くんは、ただひとつの使命のために、私に優しくしてくれてるだけ。
　そこに、この人たちの嫉妬(しっと)に値するようなことはなにもない。
「ここでたっぷり反省するといいわ」
　え？
　反省って、なにを？
「この間警告(けいこく)したのに、朔さまに近づいたことを後悔すればいいよ」
　ニヤリと笑う会長さんに倣(なら)うように、私を囲む誰もが同じ顔をしている。
　怖いのに違いないけど。
　手を握りしめ、勇気を振り絞って言った。
「こんなことして、永瀬くんがどう思うと思う？」
　……朔くんがかわいそう。そう思った。
　ただ、純粋に朔くんのことを好きなだけならいいけど、こんなことをする人たちの集団だなんて。
「永瀬くんのこと、本気で好きならこんなこと──」
「ウザいんだよ！」
　ドンッ。
「きゃっ……」
　突き飛ばされて、冷たいコンクリートの上に、尻もちをついた。
　私の言葉になんて１ミリも耳も貸さない会長さんは、上から私を睨みつけるだけ。
「行こう」

そして私のカバンをひったくり、みんなを引き連れながらぞろぞろと入り口の方に向かって。

ガシャン！

思いっきり鉄の扉が閉まった。

えっ。

嫌な予感がする。

慌てて立ち上がり、そこへ走っていきドアを引っ張ってみたけど。

ガシャンガシャン!!

激しい音をたてるだけで、ドアは開かない。

「えっ、ウソッ……」

一瞬にして、パニックになる。

「なんで開かないのっ！」

ガシャンガシャン……！

何度引っ張っても、開かない扉。

もしかして、私閉め出されたの……？

屋上から下を覗いてみても、そこは一面畑で人の気配がない。

「誰か―――！」

叫んでも、誰にも届かず私の声は空に消えていく。

サッと血の気が引いた。

でも……きっとしばらくしたら開けてくれるよね？

いくらなんでも、ここに放置したまま帰ったりしないよね？

そんな風に思っていたんだけど……。

　いくら待っても、扉は開く気配はなかった。
　カバンを取り上げられたから、スマホもなく、誰にも連絡出来ない。
　今日は、あんまり天気がよくない。
　空は雲で覆われていて、いつものこの時間よりも暗かった。
　なんとなく、怪しい雲行きに不安を感じていると。
　雨の匂いがしてきた。
　そう言えば、今夜は雨が降るってお天気お姉さんが言ってたっけ。
　そんなことを思っていると。
「あっ……」
　頬に冷たい雫が落ちてきた。
　やがてそれは勢いを増して、灰色の針のような雨があとからあとから降ってくる。
　扉のところにわずかにあるひさしの下に避難して、体育すわりで身を縮める。
「ううっ」
　冷たくて、寒い。
　気づけばすっかり日は沈み、あたりは真っ暗になっていた。
「うっ、ううっ……」
　……助けて。
「朔くん……」
　心細くて、助けを求めたのは、朔くんだった。

今一番会いたいのは、朔くんだと思ったんだ。

どのくらい時間が経ったんだろう。
寒くて暗い闇の中でひとり震えていると、扉の方から微かに物音がした。
……えっ。
やっと開けてもらえる……？
そう思ったとき。
──バンッ!!!!
勢いよく扉が開いて、飛び出すように現れた影は……。
「小春っ!!!!」
……朔、くん？
あまりに強く思いすぎたから、幻聴(げんちょう)を聞いているのかと思った。
「小春っ、大丈夫かっ……！」
でも、それが幻聴でも何でもないってわかったのは、朔くんの体温を感じたから。
雨で濡れて冷え切った体を、包み込むように抱きしめてくれたんだ。
「ううっ……」
寒さと恐怖で震える続ける私の体を、きつくきつく抱きしめてくれる朔くん。
「ごめんっ……ごめんっ……」
謝り続ける朔くんに、私はただ、抱きしめられながら震えるだけ。

でも、もう怖くない。

朔くんが来てくれたから。

……よかった……。

そこで緊張の糸が切れた私の意識は、プツリと途絶えた。

無事で、良かった。

【朔side】
「くそっ……」
　俺は、雨と涙で濡れた小春の顔を胸元に引き寄せる。
　今日は夕方から雨が降ってきた。
　いつも俺より先に家にいる小春がなかなか帰って来ないことを心配して、スマホに何度も連絡を入れたが応答はなく。
　しびれを切らし、中学時代同じクラスだった金子の家の番号を調べ電話を掛けた。
　バイト中らしく、スマホの番号を聞き、そっちに連絡を入れる。
『小春と一緒にいるのか？』
　答えはノー。
　そこで衝撃な話を聞く。
『アンタのファンが、小春に嫌がらせしてんのよ』
　俺は愕然(がくぜん)とした。
　なんだよ、それ。
　小春と毎日一緒にいるのに、そんなことになってるなんて、まったく気づかなかった。
　家ではいつも笑顔で、そんな素振りは一切見せなかったから。
　足の捻挫も、後ろから誰かに押されたのだと聞いた。

　そんなの犯罪じゃねえかよっ！
『もしかしたら、またそいつらが絡んでるのかも』
『とにかく、今から探しに行ってくる』
『私も一緒に探しに行く！』
　金子はそう言ったが、外は雨。
　俺がひとまず学校に行くと言い、金子には自宅で待機してもらうように伝えた。
　学校にはまだ灯りがともっていた。
　通用口から中に入らせてもらうと。
「うそだろ……」
　上履き（うわばき）だけが並ぶ靴箱で、小春の靴箱には外靴が入ったままになっていた。
　まだ校内にいるのか？
　先生に事情を話し、校内をくまなく見て回る。
　それでも小春は見つからない。
　でも、この校舎のどこかにいるはずだ。
　焦りだけが募ってく。
　俺のせいで、小春がひどい目に遭（あ）っていると思うと、胸がかき乱されて狂いそうになった。
　いつも目覚めると、俺の胸のなかで顔を真っ赤にしている小春。
　朝一番に小春を感じられて幸せだ……なんてことは、口が裂けても言えねえ。
　──と。
「……屋上？」

　ふと思った俺は、職員室から鍵を借りて一目散（いちもくさん）に階段を駆け上がる。

　いつか、小春から忘れた弁当を受け取ったその先は、屋上への入り口だ。

　――ガンッ。

　足が何かを蹴（け）り、鉄の扉に当たった。

「なんだ？」

　それは小春のカバンだった。

　猫のマスコットがついているからすぐにわかった。

「クソッ！」

　鍵穴に鍵を突っ込む時間ももどかしい。

　ようやくドアが開くと、雨風がぶわっと俺を濡らした。

「小春――――!!!」

　灯りもない真っ暗な屋上。

　寒くて、冷たくて、暗くて。

　強がってるくせに、怖がりな小春。

　絶対に泣いてるはずだ――。

「……っ！」

　屋上の隅で、小さく体を丸める姿が目に飛び込んだ。

「小春っ……！」

　駆けよって、抱きしめた。

　ゆっくり顔をあげるその顔は、もう涙と雨でびしょ濡れだ。

「……っ、ごめんっ……」

　それしか言えない俺は情けねえ。

震える体は、氷のように冷たい。
「……さく、くん……っ」
震える声で小さく俺の名前を呼ぶ小春を愛おしいと思った。
きつくきつく抱きしめる。
そのうち、小春は目を閉じてしまった。
気が抜けて、意識が遠のいたのかもしれない。
俺は小春を抱え、校舎の中に入り階段を降りると。
「永瀬っ、……っ」
心配してあとを追ってきていた教師は、小春の姿を見て絶句する。
「鍵、ありがとうございました」
「おっ、おお……で、大丈夫なのか？」
「タクシーを呼んでもらえますか？」
「わ、わかった」
「こんなことした奴を、俺は絶対に許しません。必ず犯人を見つけるんで、学校としても厳しく罰してください」
淡々と放つ俺の瞳と声がよほど冷たかったのか、その教師は黙ったままうなずいた。
それから、タクシーが学校に到着し、小春を連れて帰った。
俺たちの住む、あの家へ……。
「……ってことで、来てくれたら助かる」
タクシーの中で、金子に電話を掛けて状況を説明した。
小春は全身びしょ濡れだ。
着替えさせてやりたいけど、俺ひとりじゃ色々と無理があると思ったんだ。

　それに……俺のせいでこうなった小春。

　目を覚ました時に、俺より金子がいた方が安心するだろう。

　家につくと、すぐ金子が来てくれた。

「小春はっ!?」

　真っ先に小春に駆け寄り、ぐったりしたその姿に言葉をなくしていた。

　雨に濡れた頭を優しく撫でる。

「……かわいそうに……」

　痛いほどにその気持ちがわかる。

　俺も胸が痛くてたまらなかった。

　これは、俺が今まで女に冷たくしてきた結果なんだよな。

　自分の気持ちに気づいて、調子に乗って浮かれて。

　なにも考えずに、学校で小春に気安く声なんて掛けたから。

　自分から、この関係は秘密にしておくように言っていたのに。

　後悔ばかりが波のように押し寄せる。

「体拭いて着替えさせるから、どっか行ってて」

　金子の視線が痛い。

　そりゃそうだよな。大事な友達をこんな目に遭わせたのは、俺なんだから。

「……ああ」

　なすすべもなく、俺は小春の部屋を出て行った。

少し、甘えさせて

　ぼんやりと視界が開けていく。
「あれ……？」
　気が付くと、私は自分のベッドの上だった。
「小春っ！」
　私を呼ぶ、その声の方に顔を向けると。
「……朔……くん」
　その顔を見た瞬間、一気に涙がこみ上げてきた。
　鼻の奥がツンといたくなって、また視界がぼやけてくる。
　ツー……と目の淵(ふち)を流れる涙を、朔くんが指で拭(ぬぐ)ってくれた。
　そうだ。朔くんが助けに来てくれて、屋上から出られたんだ……。
　よかった……。
「……ありがとう」
　そこにいるのに、どうしてもそばに感じたくて。
　手を伸ばして、朔くんの手をぎゅっと握った。
　朔くんは、驚いたような目をしていたけど、引っ込めることもなく。
「怖かったよな」
　そう言って、もう片方の手で、私の頭を優しく撫でてくれた。
「私、どうやって……？」

びしょびしょだった制服から、部屋着に着替えている。

も、もしかして……朔くんが……？

自分の格好を見て、ちょっと顔をこわばらせると。

「金子呼んで、着替えとかはしてもらったから」

安心しろっていうような口調で教えてくれた。

「真希ちゃんが……」

「ああ、金子の家、結構近くだから」

「そっか」

朔くんと真希ちゃん、同じ中学だったんだもんね。

「もう遅いから帰ってもらったけど、すごく小春のこと心配してた」

時計を見ると、もう10時半だった。

真希ちゃん……。

想像しただけで、どれだけ心配してくれているかがすごくわかる。

今日だって、私を置いて帰るのを不安そうにしていたし。

「それと……今回のことも、金子から聞いたんだ」

「え？」

私が閉め出されていることは、真希ちゃんだって知らないはずだったのに。

「小春が、その……嫌がらせをされてたこと……。だから、もしかしたら今回もそうかもって、金子が言ったんだ」

「そ、そうだったんだ……」

朔くんにバレちゃったんだね。

思わず下を向く。

「心臓、止まりそうになった」

すごく苦しそうな顔で朔くんは言った。

それからすぐに学校に来て、隅から隅まで探してくれたと聞いて、胸がいっぱいになる。

「金子も一緒に行くって言ってくれたけど、雨だし夜だから、とりあえず俺だけで探しに行って、戻ってから来てもらったんだ」

「……ありがとう」

「カバンが、屋上の入り口に落ちてた」

差し出されたのは、私のスマホだった。

ああ……あのとき奪われたカバンは、そこに捨てられたんだ。

スマホの中を開けると、不在着信が何十件も残っていた。

真希ちゃんからも数件あったけど、ほかは全部朔くん。

どれだけ探してくれたのかがわかる。

「探してくれてありがとう。そうじゃなかったら、私今でも屋上にいたかもしれない」

口にして、もっとゾッとした。

「当たり前だろ」

朔くんは、強くそう言ってくれた。

そうだよね。

この家で預かっている身として、何かあったら困るもんね。

そこに特別な想いなんてない……そう思うと、少し胸が痛い。

「朔くん……ご飯たべたの……？　作れなくてごめんね？今日は餃子を作ろうと思ってお肉買ってたん──」

「そんなのどうでもいいって」

私の言葉を遮った朔くんは、体を引きよせ抱きしめてきた。

「……っ！」

ビックリしたけど、その胸があったかすぎて。

なんだかすごく落ち着いて。

「ふえっ……」

急に糸が切れたように、涙がこみ上げてきた。

「我慢すんなって」

胸のなかで聞く朔くんの声。

すごく苦しそうなその声に、私の気持ちに寄り添ってくれていることが痛いほどわかって。

「こんなときに強がるなよ……俺の前では……素直になれよ」

その言葉に、もっと涙が止まらなくなって、私はこらえきれず嗚咽（おえつ）を漏らした。

「ううっ……っ……怖かっ……たっ……」

「だよな、怖かったよな」

呼吸に合わせるように、頭を撫でてくれる朔くんの手はすごく優しかった……。

どのくらいこうしていたんだろう。

私の気持ちもだんだん落ち着いてきて、朔くんはそっと体を離した。

「ちょっと待ってて」

そう言うと、少し部屋を出て行って。

戻ってきたその手には、ホットココア。

「これ飲んで、体あっためて」

「ありがとう」

体を起き上がらせるとカップを持たせてくれて、その隣に並ぶように朔くんもベッドに腰かけた。

「おいしい」

笑って朔くんを見上げる。

不思議なくらいすごく落ち着く。

それは、隣に朔くんがいるからかな。

「よかった」

私、朔くんのことが好き……。

朔くんがカッコいいからとかじゃなくて、朔くんの存在が私に必要なんだ。

ついこの間まで、あんなに怖いと思っていたのに、信じられない。

ブー……ブー……。

そのとき、スマホが着信を知らせた。

真希ちゃんかな？とすぐに手に取ったスマホの画面には、登録していない番号から。

まただ……。

気持ちが、ずんと落ちる。

「誰から？」

「……わかんない」

「もしかしてまた無言電話か？　まだ掛かってきてたのか？」
「うん。あと……実は、帰り道も誰かにつけられてるような気がするんだ」
色々バレちゃったなら、すべて話してしまおうって。
「はあっ!?　なんだよそれっ」
「ごめんね。ここは朔くんの家なのに……」
「んなのどーでもいいって。それより何で早く言わないんだよ！」
「ご、ごめん……確証はなかったし」
怒られちゃった。
でも、愛情のある言い方だってわかるから、怖くはない。
「ちょっとスマホ貸して」
朔くんは、その番号を自分のスマホにメモして。
「絶対に出るなよ。今日の奴らかもしれないし」
「……うん」
「俺が小春を守るから」
私の手を、そっと握った。
——ドキッ。
その真剣な目に、胸が高鳴る。
そんなふうに言われたら、私、勘違いしちゃうよ……。
でも、会長さんにも言われたもんね、"勘違いするな"って。わかってる……。
「何か食べるか？　それとも、このまま寝る？」
「……寝ようかな」

　食べる気力どころか、起き上がれそうにもないもん。
「じゃあ、ゆっくり寝て」
　朔くんが私の手を離して、立ち上がろうとした瞬間。
「……えっ」
　朔くんが驚いたような顔で私を見た。
　私が、朔くんのシャツの袖をひっぱっていたから……。
「……行かないで……」
　自分でも、びっくり。
　なんだか、すごく大胆なことをしているみたいで、体中がぶわっと熱くなる。
　でも、すごく不安で、誰かと一緒にいたかったんだ。
　ううん、誰かじゃなくて……朔くんと……。
「わかった……小春が寝るまでそばにいるよ」
「……ありがとう」
　すると朔くんは、私の隣に添い寝するように、ベッドに体を倒した。
「……っ」
　こっちを向いているから、顔と顔がものすごく近くて。
　ドキン……ドキン……。
　心臓の音が速くなる。
　行かないで、なんて言っちゃったけど、これじゃあ余計に眠れないかもしれないよっ。
「目、閉じて」
　すると、小さい子をあやすかのように、微笑みながら私の目の上にそっと手のひらをかぶせて。

それから、手をぎゅっと握ってくれた。
すごく温かくて……なんだか懐かしさを覚えて。
私は、いつの間にか眠りについていた。

ものすごく久しぶりに、懐かしい夢を見た。
お母さんに、蝶々(ちょうちょう)の絵のついた浴衣を着せてもらってはしゃぐ6歳の私。
サキちゃんと手をつないで、お祭りを楽しんでいた。
わたあめをわけっこして、お揃(そろ)いのヨーヨーを指につけて。
なぜか、途中から急に今の自分になって、サキちゃんと再会するんだけど……。
今のサキちゃんの姿がわからないからか、サキちゃんの顔はぼんやりしていてわからない。
サキちゃんの顔、はっきり見たいのに。
「サキちゃんっ……」
呼べば振り向いてくれると思ったのに。
突然背を向けて去って行ってしまうサキちゃん。
サキちゃん？　どうして……？
行かないで……。
「待って……！」
自分の声で、目が覚めた。
……ああ。夢だったんだ。
久しぶりにサキちゃんの夢を見たなぁ。
「いったぁ……」

ズキッと頭に痛みが走る。

昨日雨に打たれたのがたたったのかな。

今日は学校休もう。

と、寝返りを打ったら。

「……っ」

私の隣には……キレイな顔で眠る朔くんの姿があった。

ど、どうして私のベッドに朔くんがっ!?

一瞬時が止まりかけたけど、だんだんと思い出していく。

『行かないで』

昨日の自分の言葉を。

わわわっ!

私、どんな顔してあんなこと言ったんだろう。

やだ……これからどう朔くんと接すればいいの!?

弱り目にまかせて、うっかり好きとか口走ってないよね!?

隣では、規則正しい寝息を立てている朔くん。

朔くん……あのままここで寝ちゃったのかな。

時計を見ると、6時45分。

もう朔くんを起こした方がいいと思って。

「朔くん……」

そっと声を掛けて腕を揺すると。

「……っ」

いつものように、私をひっぱり抱きしめる朔くん。

温もりが重なって、すごく安心する。

朔くんにとっては、ただのクセからの一連の動作だとしても、こうしてもらえるのが嬉しい。
　これがないと、もう私の一日は始まらないかもしれない。
　朔くんはまだ眠ったままだし、しばらくその腕のなかで幸せをかみしめる……。
　やがて目覚めた朔くん。
「……小春？」
「あ、起きた？」
「ごめん、ここで寝ちまったー」
　頭が完全に目覚めてないのか、モゴモゴと呟(つぶや)く朔くんは、私を抱きしめる手を緩めない。
　やっぱりそうだったんだ。ずっと隣にいてくれたんだ。
　だから、あんな穏やかな夢も見れたんだ。
「こっちこそごめんね。でも、朔くんがいてくれてよかった」
「……っ」
　すると、パチッと目を開く朔くん。
　朝日に照らされた朔くんの顔が、赤くなっていく。
　朔くんでも照れたりするんだ。
　なんか可愛い。
　起き上がった朔くんは、私のおでこに手を当てた。
「少し熱があるな」
「……うん、頭もちょっと痛い」
「今日は学校休めよ。ゆっくり寝てたほうがいい」
「うん、そうするね」
「じゃあ、俺は支度するから」
　朔くんは私の首元まで布団をかけなおしてくれると、部屋を出て行った。

　それから、常備されていたらしいお粥を温めて持って来てくれたり、体温を測ってくれたり。

　忙しく私のために動いてくれて……。

「行って来るよ。いい子に寝てるんだぞ」

「なんか子供扱い……」

　ふふっと笑うと。

　同じように笑って頭を撫でて……学校へ出かけて行った。

絶対に、許さない。

【朔side】

「小春の具合はどう!?」

「熱っぽかったから休ませた」

「そっか」

早めに登校した俺は、同じく早めに登校していた金子に、小春の様子を伝えた。

俺と金子は同中出身だし、金子のキャラからして、喋っていても周りからはあまり奇異な目で見られない。

「今から、寺田(てらだ)のとこに行ってくる」

小春にあんなことをしたグループのリーダーは、3年の寺田という女だと金子から聞いた。

……俺のファンクラブの会長とかいう、ふざけた立場のヤツ。

「ほんとに？」

「それしかないだろ。ぜってー許さねえし」

同じクラスにも仲間はいるらしいが、トップに話をつけなきゃ意味がない。

思い出すだけでも腹立たしく、俺はそう息巻いたのだが。

「ふーん」

金子がニヤニヤしながら俺を見る。

「……なんだよ」

「昨日もすごい必死だったよね～」

……何が言いたいんだよ。

目は口ほどにモノを言うみたいな表情の金子に、冷や汗が流れる。

「もしかして永瀬ってさ～」

その先は聞きたくない。

「と、とにかく行ってくるからなっ」

続きを言わせず、俺は教室を飛び出した。

……まずいな。

金子は鋭いから、もしかしたら何か勘(かん)づかれたのかもしれない。

確かに、昨日の俺は我を忘れてた。

ただ、小春を助けるために必死で。

こんなに誰かのために必死になったのなんて初めてだ。

これが、なんとも思ってない女子だったら……？

そう考えれば、答えなんて簡単だ。

──俺が、小春を好きだからだ。

女ギライを貫(つらぬ)いてきたのに、金子に俺の気持ちがバレてるとしたらハズすぎるっつーの。

幸い、小春は一緒に住んでいながら俺の気持ちには全く気付いてないだろう。

ニブいしな。

毎日ひとつ屋根の下で、この気持ちを必死に抑えてる俺は、すげえ頑張ってると思う。

『行かないで』

昨日、弱々しくそう言った小春がすごく愛おしかった。

　力いっぱい、抱きしめてやりたかった。
　自分からあんなことを言うなんて、よっぽど怖い思いをしたんだよな。
　そう思えば思うほど、小春をあんな目に遭わせた奴らが憎くて仕方ない。
「ここだな」
　金子から寺田のクラスは聞いていた。
　３年のフロアに来るのは初めてだが、先輩も後輩も関係ない。
　我が物顔で歩いて行く。
「えっ!?　もしかして永瀬くんじゃない？」
「なんでなんでっ!?」
　俺がこんなとこに来たのが珍しいのか、女子はどいつもこいつも目を輝かせ始めた。頬を染めてる奴もいる。
　……こういうのが、ほんとムカつくんだよな。
　俺のなにを知ってるっつうんだよ。
「あのっ……」
　誰もが遠巻きに俺を見ていくなか、頬を紅潮させながら声を掛けてきたのはひとりの女。
　そいつのネームプレートには、寺田という名前が刻まれていた。
　……こいつか。
　自分から来てくれるなんて、探す手間が省けた。
　小春とは似ても似つかないくらいケバくて図々しそうな女は、目をキラキラさせながら、頬を染めている。

「誰かに用事？　良かったら呼んでこようか？」
　毒を持った一面があるとは、この顔からは想像も出来ない。
　でも、小春を苦しめた張本人はコイツにまちがいない。
　……だから、女ってのは嫌なんだ。
　ニコリと笑顔のひとつでも見せてやろうかと思ったが、コイツにそんなサービスをする気も失せた。
「アンタに用があって」
　落ちた声は、自分でもびっくりするくらい冷たかった。
「……え？」
　まさか自分に用があるなんて夢にも思っていなかったのか、途端に真顔になる寺田。
「ちょっと、こっち来て」
　あっという間に出来た人だかりから逃れるように、俺は廊下の先の非常階段まで向かった。
「わ、私？」
　しっぽでも振るように、嬉しそうについて来る寺田がマジでうざい。
　こんな奴とふたりきりになりたくなんてないけど、小春のためだ。
　非常階段の扉がバタンと閉まる。
「永瀬くん、なにかな……？」
　寺田は何を勘違いしているのか、今にもニヤつきそうな顔を必死で抑えようとしている。
「アンタさ、相沢小春、知ってるだろ？」

「……っ」
　小春の名前を出すと、その顔はみるみる強張っていった。
「ことあるごとに、小春に嫌がらせしてるんだってな」
「な、なんの話……？」
　シラを切り通そうとする態度に、俺の怒りは頂点に達した。
　——ガシャンッ！
　非常階段の扉を手で殴る。
　寺田はビクッと肩を震わせた。
　アンタに手を挙げなかっただけ、よく我慢したと思ってほしいくらいだ。
「この間は階段から突き落として捻挫させて、昨日は屋上で閉め出しただろっ!!」
「ど、どうして……それ……」
　もう言い逃れは出来ないと観念したのか、真っ青な顔で声を震わせる。
「どうしてって？　土砂降りの中、屋上から助け出したのは俺だからな」
「……!!」
　顔面蒼白になって、手を口に持っていく寺田。
「自分がやったことわかってんのかよ！」
　凄みを利かせてそう言うと、寺田は必死に弁解を始めた。
「ご、ごめんなさい。最近……相沢さんが永瀬くんにちょっかい出してるって聞いて……。永瀬くんは女の子が嫌いだから、困ってるだろうなって、それでちょっと注意しようと思って」

　んなの、ウソだろ。

　俺が小春に構ってんのが面白くなくて、嫉妬したんだろ。

「そういうの、なんていうか知ってる？」

「え？」

「余計なおせっかい」

「……」

　雨の屋上で閉め出すなんて、れっきとしたイジメ、いや犯罪だろ。

「うぜーんだよ」

「……っ」

「相沢には二度と近づくな」

「……」

　そう言うと、寺田は完全に黙ってしまった。

　唇をかみしめて、じっと俺のことを見ている。

「あと、相沢の帰り道をつけている奴もいるらしいけど、それもアンタたちの仕業かよ」

　つまり、それは俺んちだ。

　まさか俺の家ってバレてないよな？

「えっ？」

「執拗（しつよう）に無言電話も掛け続けてんだろ」

「そ、それは知らないよっ」

　しらばっくれるっていうのか？

　あんなことまでして、無言電話を否定したところで、罪が軽くなるとでも思ってんのか？

「ウソつくなって！」
「う、ウソじゃないよ。そんなの指示したことないしっ……」
　今初めて聞いたような顔をするが、全部は信じられない。
「相沢があとをつけられてるって言ってたんだよ」
「私はほんとに知らないっ……」
　必死に言い逃れようとするが、許さない。
「あとで、他のメンバーの電話番号を全員分俺のところへ持って来い」
　昨日書き留めた電話番号。
　一致（いっち）するヤツがいるか調べてやる。
「……は、はい」
「それから」
　これが一番大事だ。
「ファンクラブってやつ、解散させろよな」
「えっ……」
「え、じゃねえよ。本人が迷惑っつってんだから、当然だろ」
「……は、はい」
　うなだれる寺田をそこに置いて、俺は教室へ戻った。
　それから、先生たちにも昨日のことを報告して、関わった奴らにはそれなりの処分を下してもらうようお願いした。
　これは、れっきとしたイジメだ。
　学校としても、このまま放っておくことは許されないだろう。
　それでも、俺の煮えくり返った腹はおさまらないが……。

　昼休み、寺田は俺のファンクラブのメンバー全員の電話番号を書いたメモ用紙をもって来た。
　すぐに、小春に無言電話を掛けた番号を探すが。
「ねえな……」
　二十数個ある番号の中に、同じものはなかった。
　それでも、違うとは言い切れない。
　だったら、誰が無言電話なんてかけてくるんだよ。

「朔～、今日カラオケ行こうぜ～」
　放課後、俺の気を知りもしない新太がそう誘ってきたが。
「それどころじゃねえんだよ！」
　授業が終わると、俺は一番に学校を飛びだした。

こんなに、仲良くなるなんて

　お昼までぐっすり眠ったら、すっかり体調は良くなった。
　シャワーを浴びて、リビングのソファでぼーっとする。
「はぁ……」
　朔くんにすごい迷惑かけちゃったな……。
　ファンクラブの人に嫌がらせされてることもバレちゃったし。
　朔くん……どう思ったんだろう。
　厄介なヤツって思われたかな。
　ただでさえ、居候させてもらってお荷物なのに……。
　朔くんは、体調大丈夫かな。
　雨に濡れただろうし、私と一緒に寝て、ゆっくり眠れなかったよね。
　クッションを抱え、色々考えていると、あっという間に３時になっていた。
「餃子でも作ろうかな」
　昨日作れなかった餃子作りに取り掛かる。
　キャベツやニラを刻んでひき肉と合わせる。
　スタミナをつけてもらうために、にんにくはたっぷり入れちゃおう。
　ここへ来てから、自分のためっていうより、朔くんのためにご飯を作っていることに気づく。
　たくさん食べてもらえるように、とか。

少しでも好き嫌いをなくしてもらうように、とか。

でも、誰かのためにつくるご飯っていいよね。

餃子のタネを作り終えてダイニングテーブルに移動し、皮に包もうとしていた時。

——ガチャガチャ。

玄関で騒々（そうぞう）しい音がして、びくっと肩があがった。

えっ、誰……？

朔くんが帰って来るにはまだ早いし。

そう思っている間にリビングへ入ってきたのは、思いっきり息を切らした朔くんだった。

「はあっ……小春っ……」

「朔くん!? ど、どうしたの？ こんなに早く……」

だってまだ4時半。

学校が終わってすぐに帰る私だって、まだ家についてない時間。

それに朔くんは、友達と話したり遊んだりしてくるから、いつも帰りはもっと遅いのに。

「小春が心配で、ダッシュで帰ってきた」

ドキンッ……。

朔くんの額ににじむ汗、表情を見れば、それが嘘じゃないって思えて。

ドキドキが加速していく。

「てか、なに作ってんの？」

「餃子を作ってるの」

と、ひとつ包んだ餃子を見せれば。

「ムリしなくていいのに。メシなんて適当に食うから」
　どこまでも私の体を気遣ってくれる。
「でも、昨日も作れなかったし、ちゃんと栄養摂らないと」
　ゴミ箱に、カップラーメンの容器が捨ててあったのを見ちゃったんだ。
　私が作らないと、結局そういう食事になるのはわかっていたし。
「さんきゅ。でも、ほんとムリすんなよ？」
　やっぱり心配そうな顔をした朔くんは、そのままシャワーを浴びにいった。
　朔くんの顔を見るとホッとするなぁ。
「ふー、さっぱりした。おっ、だいぶ出来てきたな」
　シャワーから戻ってきた朔くん。
　お皿の上に並んだ餃子を見て、目を輝かせた。
　餃子が好きって、やっぱりほんとみたい。
「朔くんも包んでみる？」
「俺が？」
「結構楽しいよ」
「じゃあやってみようかな」
　私の正面に座った朔くんに、餃子の包み方をレクチャーする。
「まずは、タネをまんなかに置いたら、皮の半分のふちに水をつけて」
「おう」
「皮のふち同士を合わせると……ほらっ、ピタっとつくでしょ？」

「あっ、ほんとだ」

「それからひだを４つくらいこうしてつけると……はいっ、餃子の出来上がり！」

「すげえ！」

朔くんは、マジックでも見るかのような目で驚いていた。

ふふっ。朔くんのレアな顔、またひとつ増えた。

「じゃあ、作ってみて？」

朔くんに餃子作りを促すと、さすが完璧男子だけあって手先も器用なのか、突っ込みどころもないくらい上手に出来てしまい。

「わぁ……」

面目ないよ。

教えるつもりが私の出番なんてまったくないし、私のより上手なんじゃない？

「楽しいな、コレ」

次から次へと作ってくれる朔くん。

まあ、助かっちゃうからいっか！

向かい合って、ふたりで餃子を包んでいく。

ここへ来た初日は、朔くんとこんな風に餃子を一緒に作るなんて想像もできなかった。

少しずつだけど、仲良くなれていると思う。

この家に来られて、本当に良かった。

やがて夕飯の時間になって、餃子を焼く。

ジュワーッと、餃子の焼ける音といい匂いが、食欲をそそる。
「朔くん、ちょっと手伝って」
　お皿に盛りつけるために、フライパンをひっくり返そうとしたんだけど、これが意外と重くて。
「任せとけ」
　朔くんは、軽々フライパンをひっくり返してくれた。
　すると、いい感じに焼き目のついた餃子が、お花みたいに綺麗(きれい)に広がって盛りつけられた。
「うわっ、すげえ！　家でこんなうまそうな餃子初めてだよ。熱いうちに食おうぜ」
　朔くんてば、すごい興奮(こうふん)してる。
　そのままテーブルまで運んでくれた朔くんは、待ちきれない様子で「いただきます！」と早速箸を伸ばした。
「うまっ!!!」
「ほんとに？」
「ああ。こんなうまい餃子初めて食った」
　うわぁぁ……それってめちゃくちゃうれしい！
　自分の作ったものをおいしいって食べてもらえて……それが好きな人だったらなおさら。
「食わねーの？」
「へっ？」
「俺が全部食っちまうよ」
　そういえば、まだ私はひとつも食べていなかった。
　でも、朔くんが食べてるのを見ているだけで、もう満足だから……。

「それでもいいよ」
「ダメ。ちゃんと栄養付けろって」
　すると朔くんは、餃子をひとつ箸でつかむと私の顔の前に差し出した。
　えっ……？
　私の目の前で、朔くんにつままれた宙に浮いた餃子。
「ほら」
　って。
　これは、あーん……？
「早く、口開けて」
　……やっぱり？
　そんなの恥ずかしいよっ……。
「早くしないとつっこむけど？」
　ええっ？
　だんだん近づいてくる餃子。
　うわあああああっ。
　ギュッと目を瞑って唇につく寸前で口を開くと、餃子が押し込まれた。
　ぱくっ。
　ひと口ではかなり苦しいけど、途中でかじるわけにもいかないから、そのまま全部入れて、口を手で覆ってもぐもぐする。
　は、恥ずかしいっ……。
　朔くんがこんなことするなんて意外過ぎて。
　でも……ちょっぴり嬉しくて。

大丈夫かな。

顔、真っ赤になってないかな。

そしてゆっくり目を開くと、そこには満足そうに笑う朔くんの顔があって、また恥ずかしくなった。

50個あった餃子は、あっという間になくなってしまった。

「あー、食った食った」

多いかなと思ったけど、半分以上は朔くんが食べてくれた。

作ったものを、おいしいおいしいって食べてもらえるって幸せだなぁ……。

なんて、幸せに浸っていると。

「今日さ、ちゃんと話つけてきたから」

朔くんが、急に真顔になる。

あっ……ファンクラブの皆さんのことかな。

私もまっすぐ朔くんを見つめ返す。

「もう、二度とあんなことさせないから」

「うん……ありがとう」

「マジで、ごめん」

「朔くんのせいじゃないよ！」

なのに謝らせちゃって、申し訳ないよ。

「俺、自分がしてきたこと反省したよ」

「え……？　どうして？」

朔くんは、なにも悪くないのに。

「姉貴のせいってことにして、女を全部敵みたいに思って。

だからって、俺に寄ってくる女に、ひどい態度とってたんだ」

……朔くん。

「それなのに、自分の都合で小春にあんな風に接してたら、小春が目立つことくらい少し考えればわかったのに」

後悔するように口にする朔くんに、胸がじんわり温かくなった。

「私は、もう大丈夫だから。……ありがとう」

そんな風に朔くんが思ってくれたなんて。

それが知れただけで、もう十分だよ……。

それから、私への嫌がらせはぱたりとなくなった。

ファンクラブは解散したみたい。

もともと、ファンクラブに入っていない朔くんファンの子たちは、ファンクラブの存在をよく思っていなかったみたいで。

ファンクラブの人の目がなくなったことで、前よりも、朔くんに対する熱視線が強くなったかも。

それはそれで複雑だなぁ。

今日は雨で、プールの授業が体育館でのバレーに変更になった。

同じ体育館では、男子がバスケをしている。

コートは男女半面ずつ。

試合をしていないときは見学だけど、誰もバレーの試合なんて見てなくて、目線は向こうのコートの男子のバスケ……。

朔くんがいるから、まあ、当たり前だよね。

私だって、朔くんを見ちゃう。

期待を裏切らない運動神経の良さ。長身と長い手足を生かして、バスケ部も真っ青なプレー。

朔くんにボールが渡った瞬間、黄色い声援が飛ぶ。

「きゃーっ！　永瀬く〜ん」

「永瀬くん頑張ってー！」

「かっこいい――――!!」

ファンクラブが解散したからか、前よりも堂々と声援が飛んでる気がするなあ。

いままでは、ファンクラブの人の目が光ってたもんね。

あのあと会長さんは、3日間の自宅謹慎(きんしん)処分になり、他のメンバーは、5日間のボランティア活動が義務づけられたんだとか。

「わっ！　すごい！」

朔くんがスリーポイントシュートを決めたんだ。

私も思わず拍手。

さすが朔くんだなぁ。

そのカッコよさに、私も他の女の子と同じように顔がだらしなく緩んじゃう。

「ふーん」

そんな声が隣から聞こえて横を向けば、真希ちゃんがニヤニヤしながら私を見ていた。

やばっ！

あわてて緩んだ口元をきゅっと閉じた。

「さ、さすがだよね〜。身長高いと、やっぱりバスケって有利だもんね〜」

焦ってなにか弁解しなきゃって必死になればなるほど、墓穴を掘ってしまう。

目は挙動不審に泳いで、落ち着きなく身振り手振りして。

動いてないのに、汗も出てきちゃう。

「そういえばさ、あのときの永瀬、めちゃくちゃ必死だったよ？」

「へ？」

「小春が拉致られたときだよ」

あー……。

「あんな永瀬、はじめて見た。ただの不愛想でいけすかない奴だと思ってたのに、必死に小春に寄り添ってすごく心配して。永瀬のせいで小春が傷ついたのは許せないけど、ちょっと見直した」

その時のことを思い出すかのような瞳で語られるのは、はじめて聞く話で。

胸が、小さくトクンッと鳴る。

「へー、信じらんない」

蘭子ちゃんも、驚いた顔をしている。

そうだったんだ……。

「小春だって、前はあんなに怖がってたのに、今じゃ笑顔で応援しちゃってるもんね」

肩をすくめて笑う真希ちゃんに、もう言い逃れなんてできないと思った。

「うん……私……朔くんのこと、好きになっちゃった」

ポツリ、と胸の内をこぼした。

もう、隠したくなんかなかった。ふたりは大切な友達だから。

「わおっ！」

色めき立つ真希ちゃんは、やっぱりって顔をして。

「ほんとに？」

いつも隙のない蘭子ちゃんが、珍しくポカンとしている。

「うん、ほんと……」

好きな人を友達に打ちあけるのって、すごく緊張する。

体育すわりのまま、ぎゅっと身を縮める。

しかも、相手はあの朔くん。

校内一といってもいいほどの人気者。

「永瀬は小春のこと絶対気に入ってるよ！」

「そ、そんなことないよっ」

真希ちゃんは嬉しいことを言ってくれるけど、それを間に受けるほどノーテンキじゃないもん。

「そうかなあ。脈ありだと思うんだけどなあ」

確かに、朔くんは日に日に優しくなってる気がする。

だけど、自惚(うぬぼ)れちゃダメだよね。

朔くんが優しくしてくれるその理由はわかってるもん。

きっと、私は妹みたいなものなんだ。

今だって、グループの中心にいる朔くんへ、熱い視線を送っている女の子はいっぱいいる。

可愛い子もたくさんいる。

私なんて……。

すごく近くにいるからこそ、きっと恋愛対象にはなれない、そう思うと、胸がズキンと痛んだ。

5時間目は化学の授業で、理科室で実験の予定。

真希ちゃんと蘭子ちゃんと移動していたら、前から平井先輩が歩いてきて。

私に気づいた平井先輩が、「あ」って顔をして手を挙げた。

私はぺこりとお辞儀する。

「小春ちゃん」

私の名前を呼んで足を止めた先輩。

真希ちゃんたちは「先に行くね」と先輩にお辞儀をして去っていった。

今日も爽やかな笑顔の平井先輩は、少し照れたように言った。

「あのさ、今度一緒に映画見に行かない？」

「えっ!?　映画ですか？」

突然のお誘いに戸惑う私。

今まで、男の人からそんな誘いなんて受けたことないからびっくりする。

「保護猫とその飼い主の一生を描いた映画、今やってるじゃん」

「ああっ、それ知ってます！　すごくいい作品みたいですよね」

【猫とわたし】っていうタイトルで、大ヒット中の映画。

猫好きの私は、CMを見るたびに母性がくすぐられちゃってもう大変。

見に行きたいのはやまやまだけど。

……それを、平井先輩と？

「うん。ほら、俺の家ブリーダーしてる関係で、親がチケットもらったみたいでさ。一緒に行こうよ」

どうしよう。

平井先輩の家に猫ちゃんを見に行くって話のときも、朔くんはすごく怒ってたし。

それに、ふたりで映画なんて、デートみたいだよね？

平井先輩はまったくそんなこと思ってないだろうけど、男の人と映画に行くのは、デートってイメージが強くて。

「もしかして、デートみたいとか思ってる？」

「ええっ……」

まるで心の中を読まれたみたいで恥ずかしい。

「てか、そう思ってもらってもいいんだけど」

えっ……！

そんなことを言われたら、ますます行きにくいよ。

柔らかい笑みで、私の返事を待っている平井先輩。

「で、でも……」

前の私だったら、行ったかもしれない。

でも、今はあんまり気が進まないんだ。

……朔くんを好きになったから。

「見に行きたいと思ってたんでしょ？　だったらよくない？」

それでも渋っていると、少しイラっとしたような平井先輩の声が飛んできた。

あ……。

この間も家に行くのを断っているし、なにを警戒してんだよって思われてるのかも。

私ごときが、平井先輩のお誘いを迷うとかそんなの100万年早いのはわかってるけど。

やっぱり……平井先輩とは行けないよ。

映画は、大好きな人とデートで行きたいっていう憧れがあったから。

「小春、なにやってんの」

そこへ、割り込んできた声は朔くんだった。

朔くん!?

私がびっくりしているなか、チラッと平井先輩に視線を注いだ朔くんは、

「行くぞ。遅れたらまずいだろ」

私の手首をガシッと握った。

えええっ！

そんな行為におどろきながらも、どこかで助かったとホッとしている私。

そして思い出す。

そうだ。次の化学は先生が厳しくて、絶対に遅刻しちゃまずい教科なんだった！

「す、すみませんっ」

私は平井先輩に頭を下げると、朔くんに引っ張られるようにしてその場を離れた。

それでも、手を離してくれない朔くん。

じわじわと顔が熱くなっていく。

黙ったまま歩く朔くんの顔をそっと見上げる。

……もしかして、話の内容聞かれてた？

「鼻の下、伸びてるぞ」

突然顔を私の方に向けたと思ったら、そんなことを言ってくる朔くん。

「えっ!?」

慌てて鼻の下を触ると。

「ぷっ」

って笑われた。

あ、騙された！

「もうっ！」

その場でぶうっと膨れると。

「ほら、遅れるぞ」

「あっ、そうだった」

ようやく朔くんが手を離して小走りするから、私もその後に続いた。

その背中を追いかけながら、好きの気持ちが大きくなっていく。

真希ちゃんは、期待させるようなことを言ってくれるけど、そんなこと絶対にないよ。

真希ちゃんや蘭子ちゃんみたいなキレイで大人っぽい女の人じゃないと、朔くんとは釣り合わないのはわかってるし。

それでも。

……朔くん、好きです。

いつか、この想いをつたえられる日は来るのかな……。

LOVE♡5

俺が、突き止める。

【朔side】

いよいよ3日後から期末テストがはじまる。

日曜日の今日、俺と小春はリビングでテスト勉強をしていた。

……というか、ほとんど俺が教えてやってんだけど。

料理や家事はパーフェクトなのに、勉強はイマイチみたいだ。

「え？　どういうこと？」

「だからー」

こんなやり取りを、もう何回繰り返しただろう。

頭が悪いわけじゃないけど、要領（ようりょう）が悪いっての？

難しく色々考えすぎなんだよな。

「このままじゃ夏休み補習だらけなんじゃない？　ってことは、夏祭りも行けないかもな」

なんてイジワルを言ってみれば。

「そ、それは困るっ！」

必死に教科書にかじりつく。

そんなに“サキちゃん”に会うのが楽しみなんだな。

だんだん夏祭りに近づいていると思ったら、俺も少し緊張してきた。

その時に、俺はあのときの“サキちゃん”だと、どうやって告げよう……。

「あーやっぱ無理、ちょっと頭痛くなってきた。私お風呂洗って来るね！」
　机にばんっと両手をついて立ち上がると、小春は逃げるように風呂場へ向かった。
　ふっ……。
　そんな行動のひとつひとつが可愛くてたまんねえ。
　毎日ひとつ屋根の下で暮らして、目覚めには小春を抱きしめて。
　よく、俺我慢できてるよな。
　我ながらすげーと思う。
　……でも、小春だから大切にしたいし、これでも必死に理性と闘ってんだ。
　一緒の家に暮らしてる男が、自分に好意を寄せてるなんて知ったら、小春はどう思う？
　気持ち悪いって思うか……？
　あの副会長のことは、どう思ってるんだ？
　映画にしつこく誘ってた場面に遭遇(そうぐう)して、嫉妬と焦りが一気に襲ってきた。
　自分のなかに、こんな感情があったことに戸惑う反面、それだけ俺は小春のことが好きなんだと自覚もした。
　家に誘われたときみたいに、ホイホイ行くのかと思ったら、小春はどこか困っているように見えて……。
　気付いたら、手を掴んでた。
　授業に遅れたらまずいってのを言い訳に、その場から小春を連れ去って。

俺の方が、小春に近い男だと見せつけるように。

でも、実は焦ってる。

不安はぬぐえない。

小春が、副会長のことを好きかもしれないと。

期末テストなんかより、俺はそのことで頭がいっぱいだ。

ジャージャーとシャワーの流れる音を聞きながら、また教科書に向かったとき、机に置きっぱなしだった小春のスマホが「ブーブー」と音を立てた。

メッセージか何かかと思ったが、しつこく鳴り続けているようで、バイブ設定のスマホは机の上を踊るように回っている。

……まさか、な。

まだ無言電話なんか続いたりしてないよな？

悪いとは思いながらも、嫌な予感が拭えずスマホをのぞいてしまった俺。

「……あ？」

そのまさかだった。

それは、また例の番号からの着信で、とっさに俺は通話を押してしまった。

プライバシーとかそんなの、考えてる暇(ひま)はなかった。

「……もしもし」

――ブチッ。

威圧するように低い声を出すと、すぐに電話は切れた。

……ふざけんなよ。

まだ無言電話が掛かって来てるのか？

あの女子たちの仕業じゃなかったのか？

あれ以来、小春への嫌がらせは無くなった。

ファンクラブが解散したからか、俺への告白は増えた。

小春以外の女は今だってムリ。

正直言って勘弁してほしいが、小春が嫌がらせを受けるよりは何倍もマシだと思って、告白を受けることには応じている。

断ることには変わりないけどな。

……この電話の相手は誰なんだ？

と、あるひとりの人物が浮かんだ。

まさか……あの副会長？

今日、小春を連れ去ったあと一瞬振り返ると、アイツは真顔でじっとこっちを見ていたんだ。

その目に、なんとなく気味の悪さを覚えたが……。

「もしかして……」

そう思ったら、すぐに行動に移さずにはいられなかった。

次の日、俺が向かったのは３年のある教室。

以前委員会で一緒になった女子が、とにかく交友関係が広くて、スマホには連絡先が100件以上も入っていると自慢していたのを思い出したのだ。

ソイツなら、副会長の電話番号だって持っているはず。

こっそりソイツを呼び出し、俺の持っている番号と一致するものがあるのか教えてほしいと頼んだら。

「今日の放課後、ちょっとつき合ってくれたらね？」

なんて、色目を使ってきた。

くっそ。

どいつもこいつも。

でも、小春のためなら仕方ない。

俺はソイツの誘いに渋々(しぶしぶ)うなずいた。

突然の、告白

「今日のご飯はサラダうどんにしようかなぁ」

学校からの帰り道は、こんな風に献立(こんだて)を考えることが日課になっていた。

こんな女子高生、なかなかいないよね。

でも、朔くんのために作るご飯だと思ったら、気合も入るし、おいしいって言ってもらいたくて頑張っちゃうんだ。

７月に入った今、まだお日様は高いところで笑っていて、歩いているだけで汗ばんでくる。

こんな日は、のど越しよく食べれるものがいいよね。

「あ、そうだ！」

今日は、毎月買っているファッション誌の発売日なのを思い出し、電車に乗る前に駅ビルに寄ることにした。

寄り道なんて久しぶりだなぁ。

駅ビルは若者向けのお店がたくさん入っているから、制服姿の人でにぎわっていた。

６階の書店でお目当ての雑誌を買い、エスカレーターで降りている途中だった。

「こっちこっちー」

アニメ声で耳につくその声に釣られるようにそっちを見ると、私と同じ制服を着たカップルがいた。

髪の長いキレイな女の人が、彼氏の腕を引っ張っている。

「え……？」

私は、そのカップルから目が離せなくなった。

だって、彼女に腕を引っ張られているのは朔くんだったから。

な、なんで!?

見間違いかと思ったけど、あの容姿(ようし)のせいか、周りを歩く女の子たちの目もみんな彼に釘付けになっている。

……間違いない。朔くんだ……。

ふたりはそのまま、プリクラの機械がたくさん並ぶコーナーに消えていった。

「ウソ……」

目に映るものが信じられなくて、放心状態で立ちすくむ。

もしかして、彼女……?

女ギライだから彼女なんていないと、疑ってなかったけど。

……そうだよね。

特別な女の子くらいいるよね。

私は、そのままエスカレーターを下までかけ降りた。

外は帰宅ラッシュが始まっていた。

人波のなかを歩きながら、じわっと涙が溢れてきて。

目の前の景色が蜃気楼(しんきろう)みたいにぼやけた。

カチカチカチ……。

静まり返った夜の家のなかで、時計の秒針がやけにひびく。

……もう8時なのに、朔くんが帰ってこないんだ。

私がここへ来てから、こんなに帰りが遅くなることなんてなかったのに。

夕飯は食べずに待っていた。

完成したサラダうどんは、ラップをかけて冷蔵庫にしまってある。

朔くん、どこでなにしてるの？

まだ、あの女の人と一緒にいるの……？

早く、帰ってきて。

１分……また１分と経つほどに、焦りが募っていく。

――ガチャ。

そのとき、玄関の鍵が開く音がした。

ビクッ。

早く帰ってきてほしいと思っていたのに、いざ帰って来ると体が緊張に包まれる。

「ただいま。遅くなって悪かったな」

リビングに入ってきた朔くんは、いつも通りだった。

女の人とデートしてきたなんて、知らなければわかんない。

「ううん」

ちゃんと笑えてるかな。

いつもと同じでいられてるかな。

「新太がしつこくてさー」

……え？

「相談があるとか言われて、ハンバーガー食いながら仕方なくつき合ってきた。ごめんな、今日のメシ何だった？」

そう言いながら、キッチンをのぞきこむ。

……っ。

なんでウソつくの？

長谷川くんと一緒じゃなかったのなんて知ってる。

キレイな女の人と一緒にいたのに。

「そ、そうなんだ……」

でも、朔くんがそう言うなら、それを受けいれるしかなくて。

「もしかして、メシ待っててくれた？」

「……」

「どうした……？」

「あっ、えっと……食欲なくて……」

ほんとは待ってたんだけど、一気に食欲なんてなくなってしまった。

それに……朔くんは食べてきちゃったんだもんね……彼女さんと。

「大丈夫か？」

「……うん。冷蔵庫にサラダうどんが入ってるから、もしお腹すいたら食べて」

これ以上一緒にいたら、朔くんの前で泣いちゃいそうで。

私は部屋に駆け込んだ。

ベッドに飛び込んで、顔をうずめる。

わかってたよ。

朔くんがくれる優しさは、家族に向けるものと同じだって。

一緒に住んでたら、情だって移るもんね。

そこに恋愛感情なんてないことくらいわかってた。

朔くんの特別になんてなれないことくらい、わかっていたのに……。

私に対して普通に接してくれてるだけで贅沢(ぜいたく)なのに、それ以上を望んだらバチが当たるよね。

でも、やっぱり苦しいよ……。

その夜は、ベッドの中で声を押し殺してひたすら泣いた。

期末試験も無事に終わって。

少しの間、テスト休み。

テストの手ごたえはそこそこある。

朔くんに教えてもらった効果で、いつもよりは点数が上がるんじゃないかなって期待してる。

あれ以来……。

朔くんは、帰りが遅くなることも、外でご飯を食べてくることもなかった。

私に遠慮してデート出来ないのかな？

そう思うと、ちょっぴり申し訳ない。

朝、ベッドで抱きしめられるときは、もう無になってる。

私はぬいぐるみ。

ドキドキなんてしない……そう言い聞かせながら。

この家でお世話になっている分際(ぶんざい)で、朔くんに彼女がいてショック……なんて図々しすぎるから、朔くんの前ではそんな素振りを一切見せないようにしている。

夜、ひとりの部屋に戻ると……まだちょっぴり辛いけど。

「うーん、いい天気！　今日はシーツを洗おう」

カーテンを開けると、まぶしい太陽の光が部屋を照らす。

もう夏本番って感じ。

そのあと、9時くらいに自力で起きてきた朔くんは、まだ少し眠たそうだった。

「ふわ〜」

時折あくびをしながら、私の焼いたトーストを食べている。

こんな姿が見られるだけでいい。

こんな風に、一緒に生活できているだけでも幸せなんだよね……。

「どうかした？」

「へっ？　な、なんでもないよっ……」

見すぎちゃっていたみたいで、朔くんが首をかしげる。

「なんか最近、ヘンじゃね？」

納得いかなそうな朔くんの言う通り、最近の私は空元気(からげんき)を振りまいているかもしれない。

だってそうしないと、失恋の傷がうずいちゃうんだもん。

これは、精一杯の強がりなんだ。

「いつもと同じだよ。そうだ、ベッドのシーツ洗うからあとで持って来てね。あと枕カバーも」

「……わかった」

腑(ふ)に落ちなそうだった朔くんだけど、朝食を終えると部屋からシーツなどを持って来てくれた。

今日は天気がいいから、洗濯しまくろう！

午前中はひたすら洗濯や掃除をして、お昼を食べたあと、私は自分の部屋で漫画を読んでいた。

「ふふふ」

チョコレートをお供に、少女漫画で胸キュン補給をしていたんだけど。

「あれ？」

ふと顔をあげると、部屋全体が暗くなっていた。

さっきまであんなに明るかったのに。まさかもう夜!?

……そんなわけないよね。まだ２時だった。

時計を見てほっとしたところで、バタバタバタ……と外では音がしてきて。

「えっ、雨!?　ウソっ!!」

カーテンを開けて唖然。

まだ夕方でもないのに、空は灰色の雲に覆われていて。雨がぽつぽつ落ちてきていた。

きゃ――――！

せっかくシーツを洗ったのに。

「急げっ、急げっ……！」

言いながら階段を駆け下りてリビングへ。

そのまま庭へ繋がる大きな窓を開けて、サンダルに足を突っ込んで、庭に干したシーツを掴んだ瞬間。

「うわっ、きゃっ……！」

濡れた芝(しば)で、足が滑ってしまった。

シーツを掴んだまま、私の体は反転して……。

「……っ！」
　地面に体が叩き付けられるのを覚悟したとき。
　その寸前、黒い影が飛び込んできて。
　ふわり、とシーツが私を覆って……。
　私は誰かに抱き抱えられるように、シーツにくるまりながら、芝の上に体が倒れた。
　それは、スローモーションのようで……。
　あれ、痛くない……？
　確かに体は横たわっているのに、打ちつけられた感覚がないんだ。
「大丈夫か？」
　なにが起きたのかパニックな私に聞こえたのは、朔くんの声。
「えっ……」
　一緒に倒れこむように私を抱きかかえてくれているのは、朔くんだった。
　どうして朔くんが!?
「間に合ってよかった」
　コンビニにでも行っていたのか、腕にはビニール袋がぶら下がっている。
　わわっ！
　私の体の下に朔くんの腕があるってことは、代わりに朔くんが痛い思いをしちゃったかもしれない。
「あ、ありがとう……」
　なんだか、ものすごい体勢になっちゃってて恥ずかしい。

しかも、シーツの中なんていう密空間で。

私はもう大丈夫。

お礼を言って体を離そうとしたのに。

「……？」

体が離れないのだ。

助けてくれただけならすぐに体を離せばいいのに、私を抱えるその力はもっと強くなっていくばかり。

え、なんで……。

戸惑う私の体は再びギュッと抱きしめられ、徐々に熱を帯びていく。

私の顔の真上に、朔くんの顔がある。

ドクンドクン……。

……やだ。朔くんのこと諦めなきゃって思うのに……。

朔くんへの想いをまた思い出したかのように、胸の鼓動は激しくなっていく。

「小春……」

熱っぽい声で、朔くんが私の名前を呼ぶ。

……え？

そして、そのままゆっくり顔が近づいてくるから、私は反射的に目を閉じた。

「……！」

──つぎの瞬間、唇に感じた、熱。

それは、朔くんの唇。

「……んっ……」

こ、これは。

キス……!?

なんで、なんでこんなこと……。

そう思うのに体は言うことを聞いてくれなくて、朔くんの熱い唇に意識が遠のきそうになる。

私に覆いかぶさる朔くんは、キスをやめない。

でも。

「……ッ……ダメだよっ……」

朔くんの隣を歩いていたキレイな女の人の顔を思い出して、朔くんの胸を押すと。

ハッ、と我に返るように目を見開く朔くん。

シーツにくるまれた私たちは、キスをする前と同じ体勢だけど、表情はまるで違った。

シーツをポツポツと叩く雨の音。

段々と水分を含んで、白からグレーに染まっていくシーツ。

「な、なんで……」

雰囲気に流されちゃったとか？

朔くんて、そんな男の子だったの？

女の子に対してはチャラいタイプじゃないって思ってたのに。

「ごめんっ……俺……」

余裕なさそうに、紡（つむ）がれる言葉。

ゆっくり手を引かれ、私は体を起き上がらせた。

「もう、抑えらんなくって……」

うなだれたように、朔くんは言った。

抑えられないって、どういうこと？

意味わかんないよ。

「ダメだよ……彼女さんがいるのに……っ」

自分からは言うつもりなんてなかったのに、口からはそんな言葉が出ていた。

朔くんを見ると、いつもあのキレイな人の影がちらつくの……。

もう、私の中でも限界だったのかもしれない。

「え？　俺、彼女なんていないけど」

一転、ポカンとした表情の朔くん。

ウソを言っているようには思えない。

そのあと、心臓が止まりそうな言葉が耳に届いた。

「俺が好きなのは……小春だけだし……」

それは、雨の音に交じって。

え……？

待って待って。

朔くんが私を、好き……？

空耳を聞いているのかと思って、ポカンと口を開けてしまう。

私をまっすぐに見つめる朔くんの顔は、シーツの影のなかでも真っ赤とわかるくらいに染まっていて。

それは、耳から首元まで。

「あ、あのっ……」

何も考えずに出した声は震えていた。

だって……、だって……。

心臓が思いっきりバクバクしてる。
「朔くん……つき合ってる人……いるんだよね……？」
確認するように問いかけた私。
この目ではっきり見たんだから。
「それ、なんの話？」
目を丸くする朔くんに、私の方がもっと目を見開く。
「だって……この間……駅ビルで、キレイな人と一緒にいたのを見て……」
「え？」
一瞬、わけがわからないような顔をした朔くんだったけど、すぐに思い出したように顔を歪めた。
「あれ……見られてたの？　あれにはちょっと事情があって……。もしかして小春、その人と俺がつき合ってると思ったの？」
こくりとうなずけば、深いため息を吐く朔くん。
それから、また私をぎゅっと抱きしめて。
「俺が好きなのは、小春だけ」
耳元でささやいた。
そんな……。
じゃあ、私の勘違いだったの？
「うっ……」
そう思ったら、すごくホッとしたのと嬉しいのと、いろんな感情がこみあげてきて。
ジワリと涙が溢れてきた。
朔くんが、私のことを好きだったなんて……。

信じられないよ……。

「どうした……？」

不安そうに揺れる朔くんの瞳。

大好きな、瞳。

ふっ、と力が抜けそうになって、朔くんに支えられる。

「だって……朔くんに彼女さんがいると思って……だから、私……諦めなきゃって……」

「えっ？　それ、どういう意味？」

「だから、邪魔しちゃいけないと思って……」

もう、頭の中がこんがらがっちゃってる。

自分でも支離滅裂（しりめつれつ）だってわかってる。

「ねえ、小春。ゆっくりでいいから」

そんな私に、優しく促してくれる朔くん。

「うん……」

ふう……と深呼吸を何度か繰り返したあと、私は朔くんを見つめて言った。

「私っ……」

「うん」

「朔くんのことが」

「……うん」

「……好き……っ」

そう言った瞬間、シーツ越しに光が差し込んできた。

通り雨だったのか、いつの間にか雨は止んでいて、その光は私たちを明るく照らす。

「え、マジで……？」

驚きに目を見張る朔くん。

「……うん」

恥ずかしさを押さえながらうなずくと、朔くんは私をぎゅっと抱きしめた。

「やべえ……俺、今すごいドキドキしてる」

「……私も、だよ……」

もう、どっちの鼓動かわからない。

速くて大きい鼓動が混ざり合う。

それがまた恥ずかしさを助長させる。

「じゃあさ、小春は俺のものってことでいいの？」

へ……？

俺のもの……って。

「えっと……そういうことに……なるの、かな？」

恥ずかしかったけど、そう言ってみれば。

「可愛すぎだろ、小春」

ぎゅーっと、もっともっときつく抱きしめられた。

わわっ。

「これ、もしかしたら夢……？」

私を抱きしめながら、おかしなことを言うから、クスッと笑ってしまう。

「小春を抱きしめてるのって、いつも夢から覚めたあとだよな」

「うん、だから夢じゃないよ」

「そうだな、現実だよな」

私のほうが夢かもしれないって思ってる。

でも、絶対に覚めてほしくない夢。

光を浴びたシーツの中で、私たちはしばらく抱き合っていた。

きっと、世界中で今、私が一番幸せ。

そう、感じながら。

甘すぎて、心臓もたない

翌日。

テスト休みは今日まで。

リビングの窓をいくつか開けると、通り抜ける風で部屋が涼しくなった。

庭にある緑が、さわさわと風に揺れる。

開け放した窓辺に立ちながら、私は昨日のことを思い出していた。

目の前の庭でシーツにくるまって、抱きしめられて、キスされて、好きって言われて。

「うわっ」

思い出したら急に恥ずかしくなって、カーテンを閉めた。

ドキドキドキ……。

そっと胸に手を当てる。

朔くんと両想いになれたなんて、まだ全然実感がないよ。

朔くんが私のことを好きになってくれたなんて夢みたい。

あの後は、なんとなくお互い照れくさくって、顔を見るたびに「ふふっ」なんて笑って。

特に私。

もう、心ここにあらずでふわふわ浮いてるみたいだった。

一晩経って、なんとなく、昨日の出来事を落ち着いて振り返れるようになったところ。

でも……。

駅ビルで一緒にいたキレイな人は誰だったんだろう。

気になるからあとで聞いてみよう。

それにしても……。

私は、階段の上を見上げた。

もう９時半になるのに、朔くんが起きてこないの。

休みの日は起こしに行かないけど、遅くても９時くらいまでには起きてくるのに。

どうしたんだろう。

ここまで遅いと、ちょっと不安になってくる。

もしかして、具合が悪いとか？

そう思ったらいてもたってもいられず、私は階段をのぼった。

ノックをして、朔くんの部屋のドアを開けると……。

朔くんはまだベッドで寝ていた。

そっと近づいて確認すると……寝息は穏やかみたい。

「よかった……」

ただ寝ているだけなんだね。

ほっとして、ベッドの脇に座った。

眠っているときは、ちょっとやそっとじゃ起きないもんね。

寝顔を眺めちゃおう。

ふふふ。

なんて幸せな時間だろう。

今、朔くんの寝顔をひとり占めしてるんだよ？

こんな贅沢ってないよね。

けれど不意に唇に目が行き、昨日のキスを思いだして、胸がドクンッと鳴った——その時。

「きゃっ……！」

触れてもいないのに、朔くんの手が伸びてきて、私はベッドの中へ引きずりこまれた。

ええっ！

突然のことに、なにが起きたのかわからない。

そう思っている間に、背中は柔らかなスプリングに沈み込む。

そして私の上では……。

「遅いよ、小春」

不敵に微笑む朔くんの姿があった。

さらりと落ちる髪の隙間から覗く瞳は、私をまっすぐにとらえている。

私はあっという間に朔くんに組み敷かれていた。

「えっと……あの……」

遅いって。

待って、待って。

朔くん、寝てたんじゃないの!?

「休みの日は、小春起こしに来ないじゃん。だから、さ」

「え……」

「いつまで経っても起きてかない作戦、大成功」

イジワルな笑いを見せ、私を抱きすくめる朔くん。

「やっと、堂々とこういうこと出来るんだから」

「ひゃっ」
「なんかその声、そそられる」
「ちょ、待って……」
　ベッドの中で、こんな。
　いつも私はぬいぐるみって割り切ってたけど、今日のこれはそれじゃないよ！
　心の準備が必要だって……！
「もう無理、我慢できない」
「待って、朔くん、落ち着いて」
「俺は落ち着いてるけど？」
「じゃ、じゃあ離してっ……！」
「やだ、ムリ、離さない、もう限界。俺が今までどれだけ我慢してたと思ってんの？」
　胸の奥をくすぐるような言葉に、心臓がふわっと浮き出ちゃうかと思った。
「で、でも……っ」
「小春は、イヤ？」
　イヤ、じゃないけど。
「……ドキドキしちゃうから」
　消え入りそうな声で言えば。
「……っ、なに可愛いこと言ってんだよ。あーもう無理」
　無理やり私の視界に入り込んできた朔くんは、そのまま私の唇を奪った。
「んんっ……！」
　朔くん、甘すぎるよ……！

朔くんがこんな人だったとはびっくり。

でも、感情を素直にぶつけてくれるのって、すごく嬉しい。

「今日は一日中ベッドで過ごす？」

「……っ!? そ、そんなのダメだよっ……んっ……」

合間に落とされるキスの嵐で、まともに言葉が発せない。

「ひゃあっ……」

「言葉と反応が違うけど？」

「……っ」

「俺にはもっと欲しいって聞こえる」

イジワルなささやきに、もう私は何も言えなくなっちゃった。

「もうちょっとだけ、こうさせて」

私をぎゅっとしながら目を瞑る朔くんに、私もうなずいて、その胸に体を預けた。

──目を覚ますと、太陽はてっぺんに昇っていた。

「小春、アイス食べる？」

「うん、食べる！」

たまにはこんな朝（昼？）もいいね、なんて言いながら起きて。

窓を開け放したリビングで、私たちはまったりしていた。

昨日、あのとき朔くんはコンビニでアイスを買ってきていたみたいなんだ。

暑い昼間からのアイスは嬉しい！

私がソファに座ると、アイスを手に隣に座ってくる朔くん。

いつもは向かいに座るのに、突然隣に座られてドキドキする。

でも……両想いになったんだから、距離を縮めたっていいよね……？

そう思ってひとりにやけていると。

「どっちがいい？」

差し出されたのは、カップのふたつのアイス。

シャリシャリ系のやつだ！

「えーっ、グレープフルーツもおいしそうだけど、やっぱりストロベリーも捨てがたいなあ」

手を顎(あご)にあて考える。優柔不断だから、こういうのパッと決められないんだよね。

「じゃあ、小春はこっち」

渡されたのは、ストロベリー味。

朔くんはグレープフルーツ味の蓋を開けると、ささっと食べ始めた。

こういう決断力、男らしくていいなぁ。

「ちょっと食わせて」

「うん」

そう言われ、カップを差し出せば。

「ちがうちがう」

「へっ？」

キョトンとする私に、可愛らしくニコッと笑う朔くん。

そして、その顔のまま口を開けて待っている。

なにその顔っ！

そんな可愛い顔、反則だって。

「小春が食わせてよ」

更にはそんなことを言ってくるから、もう私の母性はくすぐられまくり。

ドキドキしながらスプーンでひとさじすくって朔くんの口元へ近づける。

パクリ。

うわ〜。

もう心臓ドッキドキだよ！

「うまいうまい」

朔くんは満足そうだけど、私はさらに暑くなっちゃって、アイスを食べても涼しくなんてならなかった。

「あのさ」

アイスを食べ終わると、朔くんが真面目な声で言った。

「無言電話、今でも掛かってきてる？」

思わぬ問いかけに、心臓が軽く跳ねた。

実は……あの番号からはまだ電話が掛かってきていた。

出ることはなくて、放っておいてるけど。

答えにくくて黙っていると。

「ちゃんと答えて」

私の手を握りながら、少し強い声で言う。

朔くんは心配してくれてるんだから、ちゃんと言わなきゃ……。

「……うん」

　思い切って言うと、朔くんは特に驚いた様子はなかった。

　そればかりか、まるでわかっていたような表情。

「それさ……」

「うん」

　朔くんの目を見つめながら、ごくりと唾をのんだ。

「実は……生徒会の、副会長なんだ……」

「えっ？」

　副会長って……平井先輩!?

「な、なんで……」

　手が震えた。

　猫好きの先輩と後輩っていう間柄で、仲良くしてくれていた平井先輩が……？

　どうして？

　でも、そんなに確信をもって言うんだから、そうなんだろう。

　その事実が受け入れられなくて、視線が落ちていく。

　私がショックを受けているのがわかったのか、握る手にぎゅっと力が入った。

「あの電話番号のやつは、小春に嫌がらせした連中の中にはいなかった。だから、交友関係の広い３年の女子に聞くことにしたんだ」

　朔くんは、ゆっくり話してくれた。

「そしたら、交換条件に放課後つき合えって言われて……。きっと、それを小春に見られてたんだな」

「あっ……」

あの時のキレイな人。

朔くんの彼女だと思って、私が失恋決定だと落ち込んだあの日。

「そう、だったんだ……」

「帰り際にようやく教えてくれて、あの番号が副会長の番号と一致したんだよ。小春はあの先輩のことが好きなんだと思ってたから、言いにくくて」

「ううん。……教えてくれて、ありがとう……」

すっきりしたかって聞かれたら、ちょっとモヤモヤが残るけど。

「なんで、そんなことしたんだろう」

それが一番わかんない。

「小春わかんねえの？」

「うん」

そう言うと、朔くんは深いため息をついて。

「小春のことが好きだからだろ」

えっ。

平井先輩が私のことを、好き……？

「ま、まっさか〜……」

笑い飛ばしたいのに、顔が引きつる。

だって、そんなこと……。

「小春はニブいな」

この変な空気を変えるように、おでこを指でツンと弾かれる。

「いたっ」

　不意打ちなそれに、おでこに手を当てる。

「家に誘ったり映画に誘ったりしたのを断られて、そんな行動に出たのかもな」

「そんな……」

　平井先輩が……。

　じゃあ、帰り道、あとをつけていたのも平井先輩だったのかな。

　よく考えたら、朔くんのファンは家くらいもう突き止めてるよね。

　私がそこへ帰っているのがバレたら、とんでもない騒ぎになってたはずだもん。

　――ピンポーン。

　とそこへ、家のチャイムがなった。

　誰だろう？

　２人だけで住んでいる家に届く荷物なんてないし、お隣さんからの回覧板(かいらんばん)だってポストに入ってるから、来客なんて珍しい。

「はーい」

　玄関のドアを開けて、そこに立っていた人物に驚いた。

「……っ、平井、せん……ぱいっ……!?」

　たった今、平井先輩の話をしていて。

　無言電話が平井先輩だったと聞いた今、その人が目の前に現れてイヤでも顔が引きつってしまう。

「誰ー？」

そのとき、後ろから朔くんが声を掛けてきて。
ハッ！
ここで朔くんが出てきたらまずい！
そう思ったのに、朔くんはそのまま靴を履いて顔を出す。
「……っ！」
朔くんを纏(まと)う空気が一気に変わった。
「おい、何しに来たんだよ」
ものすごくぶっきらぼうな口調。
仮にも先輩なのに、その口の利き方はもうケンカを売っている。
「え？」
私と朔くんを見比べて固まる平井先輩。
「ここは、小春ちゃんの家じゃ……」
「ここ、俺んちなんだけど」
「ええっ？」
朔くんが堂々と言うと、ものすごくびっくりしたような顔をする平井先輩。
そうだよね。
私の家だと思って来たんだろうから。
……やっぱり私のあとをつけていたのは、平井先輩だったんだ。
「ど、どうして君がっ！」
「おいお前。小春に無言電話かけただろ」
困惑する平井先輩に、朔くんが勢いよく詰め寄っていく。
平井先輩は圧倒され、ジリジリと下がり私道の方まで出てしまう。
「どうしてそれっ……」
　そこまで言って、ハッと手で口を押える。
　……やっぱり、平井先輩だったんだ。
「つーか、何しに来たんだよ」
　朔くんが胸元をトンッと押すと、あっけなく後ろにひっくり返りそうになる平井先輩。
　平井先輩って……もっと堂々としている人だと思っていたのに。
　なんだか残念なその姿に、一気に平井先輩への尊敬の念が薄れていく。
　無言電話も、あとをつけていたのも平井先輩だったなんて、なおさら。
　こんな人だと思わなかったのに。すごく残念。
「小春ちゃん、ここ、君の家なんだよね？」
　それでも必死に顔だけをこっちに向けて問いかけてくる。
　それに答えるのは朔くん。
「ああそうだ。小春の家だ。でも俺の家でもある」
「えっ……」
　私と朔くんを交互に見る。それは信じられないって顔で。
「もしかしてふたりは……」
　ああっ。
　一緒に住んでるってバレちゃった……？
「が、学生結婚……!?」

……はい?

とんでもないことを言うから、びっくりして声も出なくなる。

「はあ……?」

朔くんは、ちょっと呆れ気味。

「き、君たち、もしかして学校に内緒で結婚してるのか? 校則で、学生同士の結婚は禁止されているはずだっ、こんなことが学校に知れたら——」

学校のことなら何でも知っていると得意げになってそう言う平井先輩に、朔くんが呆れたように諭す。

「んなワケあるかよ。そりゃあ結婚したいのはやまやまだけど、あいにくまだ俺は16なんでね」

朔くんっ!?

思いがけない言葉に、私がドキッとした。

したいのはやまやまって……それって、私と結婚!?

うわぁぁぁ〜……。

さりげなくプロポーズされたみたいで、体が沸騰(ふっとう)しそう。

私、きっと真っ赤だよ。

「そーゆーことだから、もう小春に近寄らないって誓えよ。ああっ!?」

朔くんに凄みと睨みをきかされて「ひえっ」と情けない声を出す平井先輩。

「わ、わかったよ」

そして捨て台詞のような言葉を吐くと、逃げるように消え去った。

わぁぁぁ。びっくりした。

まだ、今なにが起きていたのか頭のなかが整理できない。

「噂をすればこれかよ」

朔くんは、やれやれって顔で家の中に戻っていく。

「朔くんっ」

「ん？」

ふり返りざまの朔くんに、背後から抱きついた。

「……っと」

まさか抱きつくなんて思っていなかったのか、一瞬よろめいた朔くんだったけど、くるりと振り返って私を受け止めてくれた。

「ありがとう、朔くん」

いつだって私のことを考えて行動してくれる朔くんが、すごく頼もしく思えた。

女だからって守ってもらうのは……って思っていたけど、必要なときにこうして守ってくれるのはやっぱり嬉しい。

「あたりまえだろ」

頭をポンポンと優しく撫でてくれた朔くんのことが、また更に大好きになった。

今日はテスト休み明け、久しぶりの登校。

昇降口で靴を履き替えているときから、なんだかジロジロ見られている気がした。

……なんだろう？

ヘンな違和感を覚えながら、２年生のフロアまで行くと、ひとりの女の子が恐る恐る近寄ってきた。
「あの、相沢さんって、永瀬くんと同棲してるって本当？」
ええええっっ!?
それを皮切りに、わーっと、私の周りに人が集まってくる。
ちょ、ちょ、なに!?
私が困惑していると。
「それ、ほんと」
私のうしろから、それを肯定しちゃったのは。
さ、朔くんっ!?
「小春は俺のカノジョ。一緒に住んでるんでそこんとこよろしく」
その公開宣言に、一瞬辺りは静まりかえったあと。
「きゃあああああ〜〜〜」
悲鳴にも似た叫び声が校内に響き渡り、何十人もの女の子がバラバラと床に崩れ落ちたのでした。

「ほらぁ〜、言った通りじゃーん」
真希ちゃんは、私の肩をツンツンと叩いてなぜかドヤ顔。
朝の朔くんのあり得ない宣言は、あっという間に校内に知れ渡って。
私は、真希ちゃんと蘭子ちゃんに冷やかされっぱなし。
「やっぱり永瀬は小春のこと好きだったんだね〜。それにしても堂々と交際宣言なんて、溺愛(できあい)感半端ないじゃん。

ギャップ激しすぎて頭痛がするわ～」
「あの永瀬がね。とにかく良かったわね、おめでとう」
相変わらずクールな反応な蘭子ちゃんだけど、すごく喜んでくれているのがわかって、私もすごくうれしい。
「うん、ありがとう」
休み中に両想いになれたことを私の口からも伝えると、ふたりは自分のことみたいに喜んでくれた。
「これで夏休みも暇じゃなくなったじゃん！　しかも、出掛けなくても毎日家でイチャイチャできるし最高だね！」
「ま、真希ちゃんっ⁉」
「夏休みに、小春んとこ遊びに行く？　どんな風に永瀬が溺愛してるか見てみたいわよね」
蘭子ちゃんまで……！
私は口をあんぐり開けた。
蘭子ちゃんがそんなことを言うなんて、世も末かも……。
「いーね、それノッた！」
ひえええ～、それは大変だ！
まだ両想いになって数日だけど、すでに甘すぎるあんな朔くんを見られたらおしまいだよっ！
「そ、それはダメだよっ」
「あ～ら、小春は友達を家に入れてくれないのぉ～？」
「ううっ、だって、私の家じゃないし～」
そう言っても「いつ行く？」なんて、本気か冗談かわからず盛り上がるふたりに、私は冷や汗が止まらなかった。

小春は、俺のもの。

【朔side】

「マジで？　……ああ、わかった気をつけて。じゃあ」

　夏休みに入って数日。

　突然掛かってきた電話は母さんからで、明日帰って来るとのことだった。

　時々連絡はあったが、もうばあちゃんはすっかり回復して問題ないみたいだ。

　電話を切ったその時、小春がリビングへ入ってきた。

　シャワーを終えたばかりの髪は濡れていて、ドキッとした。

　今日は夏祭りで、浴衣を着る前に小春はシャワーを浴びたんだ。

「電話してたの？」

　タオルで髪を拭きながら、俺の元へ近寄ってくる。

「ああ。母さん明日帰って来るって」

「ほんとっ？」

　すると、小春は満面の笑みで喜びを表した。

　なんとなく面白くない。

「……やけに嬉しそうだな」

「だって、久しぶりに香織さんに会えるんだもんっ！」

「ふーん」

「え？ 朔くんは嬉しくないの？」

「んー、ちょっと残念？」
「なんで？」
「なんでって、そんなの当たり前じゃん」
　俺は背後から小春を抱きすくめた。
「ひゃっ……」
「小春とふたりっきりの時間が終わっちゃうから」
　頭ひとつ分、俺より小さい小春。
　そのまま首に顔をうずめ、唇を押し当てた。
「ひゃあっ……」
　そんな可愛い声出しやがって。
　風呂上がりの体温とシャンプーの匂いが、俺の理性を崩しそうになる。
　まだ昼間だけど、今すぐソファに押し倒したい衝動に駆られる。
「あー、やべえ」
「朔、くんっ……」
　俺の体の中にすっぽり埋（う）まる小春は、小さくて壊れちまいそうだ。
　あの時は、うっかりコクってしまったと思ったが、まさか小春も俺のことを好きだなんて夢にも思わなかった。
　好きと言われて、人生で一番嬉しかった瞬間だ。
　どれだけの女に好かれたって意味ない。
　ただひとり、小春だけに好かれればそれでいい……。
「母さんが帰ってきても、朝は小春が起こすこと。な？」
「ええっ？」

驚き声をあげる小春の体をほどき、くるりとこっちに向き合わせた。
「そ、それはっ……」
顔を真っ赤にさせて目をそらす小春。
もっといじめたくなる。
って、俺は幼稚園児か。
でも、その幼稚園児時代どころか今まで恋なんてものに無縁だった俺。
その愛情表現は幼稚園児レベルで上等だろ。
「で、でも、しばらくは夏休みだから……起こしに行かなくていいよ、ね？」
「小春が起こしにこなかったら、俺はいつまでたっても起きて行かないからな」
「そ、そんなぁ……」
頬を膨らませて困ったような顔をする。
そんな顔もたまらなく可愛い。
「……朔くんのイジワル……」
そう言って、拗（す）ねる顔も。
俺は我慢できずに、小春の唇にキスをした。
「んっ……、そ、そろそろ着替えないと」
耐えられなくなったのか、小春は俺からするりと逃げて行った。
これから日の落ちていく時間に向けて、ふたりだけの甘い時間……とはいかない。
これから小春は夏祭りに出かけるんだからな。

「そうだな。準備出来たら呼んで」
名残惜しく髪にキスを落としてから、俺はいったんリビングを後にした。
それから約30分後……。
「朔くん、お願いします……」
呼ばれてリビングへ行けば。
メイクと髪のセットを終え、浴衣を体に羽織ったままの状態でうろうろしている小春。
「な、なんかごめんね……？」
「いーって」
これから俺は、小春の浴衣の着付けをするのだ。
ひとりで着られないと悩んでいた小春に、俺が着付けてやるよなんて言ったら、目がテンになっていた。
「男の子に着付けてもらうなんて……やっぱり恥ずかしいなっ」
俺は昔から姉貴の着付けに駆り出されていたおかげで、浴衣の着付けはバッチリだったけど。
自分の彼女を着付けることになるとは……。
「来年は自分で着付けできるように頑張るから、そしたら一緒にお祭りに行ってくれる……？」
少し遠慮がちに言う小春。
やべっ……。
そんなこと言われたら、着付けるどころか全部脱がしてやりたくなるじゃねえか。
「んなの当たり前だろ」

嬉しくてたまらねえ。

ちゃんと、"1年後の俺たち"の保証がされているようで。

今年は、"サキちゃん"との約束があるから俺と一緒に行けないことに、申し訳なさを感じているみたいだ。

でも結局、俺とのデートになるんだけどな。

そう思うと、ニヤケが止まらない。

ものの10分もあれば、着付けは終わった。

「ありがとう」

嬉しそうにはにかむ小春は、鏡の前でくるくると回ってみせる。

「すっげー可愛い。あー、やっぱ一緒に行けないの残念だなあ」

「ほんとにごめんね……」

申し訳なさそうに謝ってくる小春に、逆に申し訳ない気持ちになってきた。

俺が"サキちゃん"だなんてこと、小春は夢にも思わずに純粋にサキちゃんとの再会を楽しみにしているんだから。

「じゃあ、行ってくるね」

「ああ、楽しんで」

「帰るときには電話するから」

「わかった」

やがて時間になり、小春は本当に楽しそうに出かけて行った。

さて、と。

俺も準備するか。

小春から遅れること30分、俺も家を出た。

祭り会場は、多くの人ですでに大盛況だった。

ここに来たのは中学２年生のとき以来だ。

クラスの仲間と屋台を回ったけど、数メートル歩くごとに女に声を掛けられて、それに懲りてから行かなくなったんだ。

「あのっ、ひとりですか？」

浴衣姿でヨーヨーを手にした女が近寄ってきた。

「……っ」

……なんだよ、話しかけて来るなよ。

と、思わず顔に出そうになったのグッとこらえて言った。

「彼女と待ち合わせなんで」

俺も、少し心を改めようと思った。

小春の彼氏として。

小春にだけ優しくて、他の女を無下にするのは違うって気づいたんだ。

いい顔をするのと、優しくするのは全く別だと思ったから。

そのことで、小春に火の粉が飛ばないようにってのも、もちろんある。

「あ、そうなんですね～」

そう言うと、女はアッサリ引き下がった。

今までも、そんなに尖らなくたって良かったんだ。

小春を好きになって、小春とつき合えて、見えた景色がいっぱいある。

小春には、感謝だな。

段々日も暮れてきた。

小春……どこにいるんだ？

すぐに行ったらサキちゃんを待つ楽しみがなくなるかと思い、しばらく様子を見ようとしたんだが。

ここへ来たら、早く小春に会いたくてたまらない。

たしか、約束の場所は神社の境内(けいだい)へ上がる階段近くだった気がする。

階段にふたりで座ってわたあめを食べたことは、鮮明に覚えている。

「……いた」

思った通り。

でも、その顔は不安げ。

……だよな。

小春がここへ来てから、きっと１時間は経ってる。

時間を約束したわけじゃないが、会えるなら、そんなに遅くならないと考えるのが普通だよな。

今は５時過ぎ。

人出も多くなってる今、ひとりで待たせるのははっきり言って、気が気じゃない。

あんな可愛い姿でひとりで立ってて、男がほっとくはずないもんな。

ほらほらほらほら。

そう思っているそばから、ふたり組の男が小春に声を掛けに行くのをこの目が捉えた。

　クソッ。

　俺の小春に近寄るんじゃねえっ！

　俺は、サキちゃんのことなんて頭からすっかり抜けて、小春に近づいていた。

朔くんが、大好き

やっぱりサキちゃん、約束なんて忘れちゃったのかな……。
友達同士やカップル。
最初はそんな人たちを見てウキウキしていたけど、だんだんと薄暗くなってくるにつれて不安の方が大きくなっていった。
サキちゃんと、まだ会えてないから……。
屋台にも、灯りがともり始める。
いくらなんでも、暗くなってからは来ないよね……。
こんなことなら、朔くんと一緒に来た方がよかったかな。
会えなかった、なんて言ったら、着付けてくれた朔くんにもなんだか申し訳ないよ。
指にはめたおもちゃの指輪を眺めながら、どうしようかと考えていると。
「ねえ、ひとり？」
声を掛けられて、パッと顔を上げた。
もしかして──なんて期待も外れ。
全然知らないふたり組の男の人だった。
「えっ、あのっ……」
「良かったらさ、これもらってくれない？」
差し出されのは、いちごあめ。
「け、結構です……」
どうしていちごあめなんて……？

「えー？　いちごあめキライ？」

そういうことじゃないけど……。

あんまり相手にしたくなくて顔を背けたのに、

「この浴衣かわいいね。けど、君の方がもっとかわいいよ」

「ねえ、いくつ？　高校生だよね」

執拗に絡んでくる。

大学生くらいで、なんだか随分女の子に慣れてるって感じ。

どうしようっ。

「ひとりでいてもつまんないでしょ？」

すると、ひとりの男の人が私の手首に触れた。

「いやっ……」

実際今はひとりだし、どうやって逃げたらいいの？

サキちゃんには会えないし、もう嫌だよ。

泣きそうになっていたら。

「触んなよ」

誰かが、その手をばしっと振り払った。

……え？　と見上げて。

びっくり仰天。

「さ、朔くんっ!?」

だって、朔くんだったんだもん。

「あー、彼氏いたんだ」

「わ、すげーイケメン……」

「お邪魔してごめんね」

男の人たちはそんなセリフを残すと、へへっと苦笑いしてこの場を去っていった。
　朔くんは、男の人だって圧倒されちゃうようなイケメンだもんね……って、そうじゃなくて！
「どうしてここに？」
　まだ不機嫌そうな朔くんを見上げる。
　家で待ってるはずの朔くんがここにいることが、不思議でたまらない。
「小春、こっち来て」
　朔くんは私の手を握ると、神社の境内(けいだい)へと続く階段をのぼっていく。
「えっ……」
　このタイミングでサキちゃんが来たらどうしようって不安はぬぐえず、何度も振り返りながら階段をのぼると。
　そこには、焼きそばや焼きトウモロコシを食べている人なんかもいて。
　もしかして、朔くん……。
　サキちゃんが来ないとわかっていて、様子を見に来たのかな。
　10年前の約束だもんね。
　……朔くんだって、そう思ってたんだ。
「小春」
　私の手を掴みながら名前を呼ぶ朔くんの声が、どこか遠くに聞こえた。
「実は……」
「だよね。そんな約束なんて覚えてるわけないよねっ」

　恥ずかしいのと、悔しいのと。
　そんな気持ちを交えながら言葉を放つと、もっと悔しさがこみあげてきて。
「朔くんだって、ほんとはバカみたいって思ってた？」
　そんなふうに言ってしまう。
　10年間、ずっと楽しみにしていた今日。
　アッサリ水に流されてしまったようで、気持ちの整理がつかない。
「ふえっ……」
　思わず涙が溢れてきたとき。
「だから、ここに来たんだよ」
　朔くんは、ポツリと言った。
　だから、ってどういう意味？
「ちゃんと、小春に会いに来たよ……10年前の約束通り」
　薄暗くなってきた中、朔くんの真剣な瞳がそこにはあった。
　え？　どういうこと？
「小春……ごめん。実は、俺があのときのサキちゃんなんだよ」
「え？」
　朔くんが、サキちゃん？
「やだ、なに言って……」
　そんなことあるわけないよ。
　サキちゃんは女の子だったもん。
「信じてもらえないかもしれないけど、あの時、10年前にこのお祭りに小春と一緒に来たのは、俺なんだ」

「……」

うそ、だよね……?

なにを言われているのか、よくわからない。

「これ、見て」

朔くんがポケットから取り出したのは、1枚の写真だった。

それは少し古ぼけたものだけど、写っているのは確かに幼いころの私。

浴衣も着ているし、背景もお祭り。

その隣にいる子は、髪の毛は肩につくくらい長くて、とても可愛い顔をしている。

それは、私の記憶の中のサキちゃんと一致している。

この写真を朔くんが持ってるってことは……。

「こ、この女の子……いやっ、こ、これ、朔くんなの!?」

恐る恐る尋ねてみれば、苦笑いしながらうなずく朔くん。

「小春からこの話を聞いたとき、信じらんなかった。でも、俺もずっと覚えていて……まさか、その相手が小春だとは全然気づいてなかったからビックリした」

だんだんと状況がのみこめていく。

「サキちゃんは……朔くん、だったの……?」

今度こそ決意をもってそう聞くと、朔くんはゆっくり頷いた。

「ああ」

「うそっ……!」

驚きのあまり、持っていたカゴバッグを落としてしまった。

あの時の子が、朔くんだったなんて。

私たちが、10年前に出会ってたなんて。

私が、ずーっと会いたいと思っていた人が……朔くんだったなんて。

言葉にならない想いが溢れて、顔がクシャクシャになる。

視界はあっという間にぼやけて、朔くんの顔も見えなくなる。

……夢みたいだよ。

じゃあ、私は10年前から朔くんのことを思ってたってこと？

「あの時の子が、小春で嬉しかった」

落としたカゴバッグを拾いあげる朔くんは、そう言うと、私の頬に流れる涙を拭ってくれた。

「朔くん……」

未だにすべては整理できないけど、私だって同じだよ。

“サキちゃん” じゃなかったけど、朔くんだったなんて、それ以上に嬉しいもん。

朔くんは、おもむろに私の指からおもちゃの指輪を外すと。

「まだ、迎えに来てやれる年齢じゃないけど」

自分のポケットから別の指輪を取り出した。

「これも、仮の仮だけど。いつか、本物をプレゼントするから。それまで、ずっと俺のそばにいて？」

そう言いながら、私の指にそれをはめてくれる。
「今日、ここで渡そうと思って用意してたんだ」
「うそっ……」
おもちゃの指輪も可愛かったけど、新しい指輪はそれ以上に可愛かった。
シルバーのリングに、ピンク色の小さい石がついている。
……なんだか、婚約(こんやく)指輪みたい。
「ありがとうっ……大切にするね……」
涙ぐみながら、いつかのように手のひらを広げて見せれば、満足そうに微笑む朔くん。
「サキちゃんが、朔くんで良かった……」
その胸にぎゅっと体を預けると、包み込むように両手で抱きしめてくれる。
「ずっと勘違いしててごめんねっ……」
女の子に間違えられるのがイヤだったはずなのに、私だって10年間も女の子だと思ってて……。
「いいよ。10年間も、忘れないでいてくれてありがとう」
優しい朔くんの声。
「これからも、俺にはずっと小春だけ」
嬉しい言葉に、胸がきゅんとする。
「うん……私も」
そう返せば、嬉しいよって言ってくれているかのように、きつく抱きしめられた。
私、いまとっても幸せ。
"朔くん"が私の隣にいてくれるだけでいい。

　それだけで……。
「じゃあ……屋台でも、見に行く？」
　ゆっくり私の体を離した朔くんが、そう言って微笑む。
「うんっ」
　目の前に伸ばされた手。
　私はその大きな手を、ぎゅっと握り返した。

＊END＊

書籍限定番外編

朝の、甘々ルーティーン

「留守の間ありがとうね。大変だったでしょ」
　お祭りの翌日、香織さんは帰ってきた。
　朔くんは、香織さんが帰って来ることに不満そうだったけど、私は久しぶりに香織さんに会えて素直に嬉しい！
　看病（かんびょう）疲れしてるかなと思ったけど、意外にも元気そうで安心した。
「いえいえ！　朔くんも手伝ってくれましたし。ねっ」
　朔くんに目を向けると。
「んー、どうだろ。小春のジャマになってなかったらいいけど」
　自信ないって顔で苦笑い。
「ううん。すごく助かったよ」
　朔くんはちゃんと、洗ったお皿を隣で拭いてくれたりもしたし。
　ふたりで家事をやってる時間もすごく楽しかった。
　……なんだか、新婚さんみたいで。
　わっ。想像したら、恥ずかしくなってきちゃった。
　顔が熱くなっていくのがわかる。
「あら〜、あなたたち仲良くなったんじゃないの〜」
　香織さんがニヤニヤしながら言って、現実に引き戻された。
　仲良くなった……って？

頭にハテナが浮かぶ。
もしかして、つき合ってることに気づかれた!?
「ふたり、名前で呼び合っちゃって！」
「……っ！」
そ、そうだ。
まだ香織さんがいたときは、名前呼びなんて出来てなかったもんね。
でも、そういうことかとホッと胸をなでおろす。
「か、母さんがそうしろって言ったんだろっ！」
朔くんもあせっていたのか、慌てたように反論する。
その顔は真っ赤。
「ふふふっ。小春ちゃんありがとうね。結局小春ちゃんに朔のお世話を頼んじゃって私が助かっちゃったわ。ひとりだったら、朝は起きてるのかとかご飯の心配をしなきゃいけなかったから」
「いえ、そんなことないです」
居候の身で、そんなこと言われたら恐縮しちゃうよ。
顔の前で手をふると。
「まあ、それはそうだな。小春がいてくれてよかったわ」
「ええっ!?」
朔くんの声に驚いたのは香織さん。
「……なんだよ」
「朔、お母さんがいない間に人が変わった……？」
「……っ、うるせーな」
朔くんは、恥ずかしいのかそのままリビングを出て行ってしまった。
「ふふっ。小春ちゃん、色々ありがとね」
「わ、私はなにもっ」
「あの子の女の子ギライ、少しは解消されたみたいね」
「ど、どうでしょう……」
　私はあいまいに首をかしげて見せた。
　でも、最近の朔くんは、前より雰囲気が柔らかくなった。
　意味もなく、女の子ににらみを利かせることもなくなったし、少しずつだけど、話もするようになった。
　真希ちゃんと蘭子ちゃんも言ってた。
『永瀬、人が変わったわ』
『小春の力ってすごいわね』
　って。
　私の力なんてことはないだろうけど、人当たりがよくなった朔くんは、すっごい魅力的で。
　ますます好きになっちゃう……。
「明日からは、朝のいやーな役目は私がやるわ」
「朝の……？」
「朔を起こす仕事よー」
　大変だったでしょー？って、香織さんが眉を下げる。
　あっ……。
「だ、大丈夫です！　これからも私がやります！」
　朔くんにもそう言われたし。
　……私も……いやじゃないから。
　すると、香織さんは拍子抜けしたような顔をする。

「あら、そう？　もしかして、朔を起こす技を習得したの？」
「ま、まぁ……そんなところです」
へへっと笑ってごまかす。
だよね。
進んでやりたいなんて、普通なら言わないはずだもんね。
「さすが小春ちゃんね。じゃあ、頼んじゃおうかな」
香織さんは特に疑うこともなく、ニコリと笑った。

翌朝。
夏休みの朝は比較的のんびり。
それでも、居候の身で朝寝坊は出来ないし、香織さんだって帰ってきたんだし、7時には起床した。
私が朝食の準備をしていると、香織さんが起きてきて。
「あら～小春ちゃん、早いじゃないの。夏休みなんだからもっとゆっくり寝てていいのに」
キッチンにいる私を見て、驚いたような顔をする。
「おはようございます。なんだか自然と目が覚めちゃって。それに、午前中の涼しいうちに、課題とかもすませたいので」
「まあ！　どういう風に育てたら、こんないい子になるのかしら。朔に聞かせてやりたいわ」
そう言って、朔くんの部屋がある２階を見上げる。
２階からは物音ひとつしないし、朔くんはまだ夢の中なんだろう。
それから香織さんと朝食をとって。

一緒に朝の家事を済ませると、9時になっていた。
まだ、朔くんは起きてこない。
『小春が起こしにくるまで起きて行かないから』
ほんとかなぁ。
さっきから気が気じゃないんだ。
チラチラ香織さんを見ると、コーヒーをすすりながら、新聞を読んでいる。
この時間でも朔くんが起きてこないことは、なんとも思ってないみたい。
やっぱり夏休みだからかな。
「あのっ」
私はたまらず、声を上げた。
「ん？　なに？」
香織さんが新聞からゆっくり目をあげる。
「さ、朔くん起こしてきますね」
香織さんから言ってくれたらと思っていたけど、そんな気配がないから。
もしかして、もう起きていて、私が行くのを待っているかもしれないし。
「あらっ、もう9時過ぎてるじゃない。いくらなんでも寝すぎよね。悪いけど、お願いね」
「はい！」

コンコン。
ノックして部屋に入ると。

朔くんはベッドの中でスマホをいじっていた。

……やっぱり起きてたよね。

下に降りてこなかったのは……。

「小春、おせーよ」

ううっ。

私が来るまで待ってたってことだ。

「ご、ごめんね……。香織さんもいるし、いろいろタイミングが……ぷはっ」

あっという間に腕を引っ張られて、私は朔くんの上に覆いかぶさるように倒れてしまった。

――ドキンッ！

朔くんってば、朝からなんてダイタンな！

すると、体が反転する。

私は、あっという間に朔くんに組み敷かれていた。

バンザイした手首をつかんで、私の上にまたがっている朔くん。

近すぎて、顔と顔がくっついちゃいそう。

「ひゃっ……」

「……小春が悪いんだからな」

「えっと、あの……」

「朝から可愛いすぎるから」

そう、余裕のなさそうな声を出す。

か、可愛い……なんて。

そのまま私をぎゅっと抱きしめるから、私と朔くんの間には、1ミリの隙間もなくなった。

朔くんの体温が、私の中に溶け込んでいく。

ギューッと心地のいいぬくもりと柔らかさに包まれる。

……幸せ。

大好きな人と触れ合うって、こんなにも幸せなんだね。

心臓はドキドキしているのに、心はとってもおだやか。

「やべー、朝から幸せ」

朔くんから、ポツリと漏れた言葉。

わっ。

私が思ってたのと一緒だ。

なんだかうれしくて、胸がくすぐったくなる。

「ずっとこうしててぇ。母さんさえ帰ってこなければ良かったのに」

「そ、そんなこと言ったらダメだよ」

嬉しい気持ち半分、それじゃあ香織さんがかわいそうだもん。

そのうち、朔くんの唇が首筋を這っていく。

上から下。下から上へと。

「……んっ……やっ……」

くすぐったくて、体をくねらせる。

それを阻止するかのように、朔くんが足で私の体を固定する。

朔くんとつき合い始めて知った自分の弱点。

首とか耳を攻められると、変な声が出ちゃうんだ。

すごく恥ずかしい……。

自分で耳にするもの耐えがたくて、必死に我慢していると。

「我慢しないでいいよ。小春の可愛い声、もっと聞きたい」

少し荒い、艶っぽくて色っぽい朔くんの声が、耳を震わせる。

──ドキンッ！

その余裕なさげな声に、またかーっと熱くなる体。

私もそうだけど……朔くんが朔くんじゃないみたいで、ドキドキしちゃう。

男の子なんだなって、改めて思う瞬間。

朔くんは首筋を攻め続ける。

ときおり、「チュッ」と漏れるリップ音。

それがなんだか恥ずかしくて、今度はその音を消すために、自分の声を重ねたくなって。

「朔……くんっ……」

でも、漏れる自分の声も、すごくいやらしく聞こえて、もうどうしていいのかわかんない。

ただ、体温だけがどんどん上昇していく。

「……やべえ……止まんねえよ……」

そんな朔くんの声を聞いたらなおさら。

自分が自分じゃなくなっていくみたい。

体のコントーロールがきかない。

なんだか、50メートル走をしたときみたいに、心拍数が上がっていく。

どうしよう、なんだかすごく変な気持ちになってきちゃった。

「ひゃっ……」

すると、Tシャツの裾に朔くんの手が伸びて。

指先が、肌をすべる。

「……やっ……」

おへそのあたりにキスされて、もう頭の中がショート寸前になったとき。

トントントン……。

わずかに残っていた理性が、そんな音を拾った。

えっ？　これはっ……！

もしかして、香織さんが階段をのぼってきてる!?

「朔くんやばいよっ！」

私は一気に覚醒して、ベッドから飛び降りた。

「香織さんが来たかも！」

捲られていたシャツの裾を引っ張って、髪の乱れも治す。

「……ん？」

目をトロンとさせた朔くんは、まだベッドの上で丸くなったまま。

「ちょっと、早く布団かぶって！」

私はそんな朔くんの上に布団をかぶせた。

──ガチャ。

「も～。やっぱりぃ」

そう言いながら入ってきた香織さんの手には、フライパンとおたま。

ふうっ、間一髪だ。

「なかなか降りてこないから、起こすのに手こずってると思ったら、その通りだったわね」

あきれたように言った香織さんは、ベッドのそばにやってくると。

「起きなさぁぁぁぁい！」

バシーン!!!

朔くんの耳元で思いっきりフライパンを鳴らした。

「うわっ！」

朔くんは、ベッドの上で飛びはねた。

演技なのかわからないけど、そんな爆音を耳元で鳴らされたらたまんないもんね。

「うるせーなー」

「うるせーなじゃないわよ！　小春ちゃんに迷惑かけてるんじゃないわよ。まったくもう。私がいない間、小春ちゃんほんとに大変だったでしょう」

「い、いえっ……」

首を横に振ると。

香織さんの視線が、私の首元で止まったのがわかった。

……ん？

なにか？

思わず香織さんを凝視（ぎょうし）すると。

「蚊でもいたのかしら？ 刺されちゃったの？」

わけのわからないことを言って、手を伸ばしてくる。

触れられたのは、さっきまでずっと朔くんに攻められ続けていた箇所で。

びくっと肩が揺れる。

　えっとぉ……どうにかなってるの？
　自分じゃ見えないから、不安でしょうがない。
「さ、さあ……？」
　私はわけがわからなくて、苦笑いしながらそこを指で押さえるのに必死。
「とにかく。朔、早く起きてきなさいよ。小春ちゃんもありがとね」
　香織さんはそう言い残すと、部屋を出て行った。
　ふ――っ。
　なんとかごまかせたみたいだけど、確実に寿命が縮まったよ～。
　一気に力が抜けて、床に倒れこむ。
「もうっ、朔くんってば！」
　そして、ベッドの端をぺしんとたたく。
　ふたりでベッドにいるところを見られたら、どうしようかと思ったよ。
　なのに朔くんってば、まだぼーっとしてる。
　ことの重大さがわかってないのかな？
　そうだ！　それよりも！
　私は、部屋の壁に掛けてあった鏡ですぐに首元を確認。
「ぎゃっ！」
　思わず変な声をあげて、血の気が引いた。
　首には、点々と真っ赤な跡がいくつかついていた。
　……これって……。
「さ、朔くん……」

恐る恐る振り返ると。

ベッドの上で、頭をかきながらばつが悪そうに苦笑いする朔くん。

「……わりい。そんなについてると思わなくて……」

「……っ!?」

これって、もしかしてキスマーク!?

いつのまにこんなものをつけられたの……!!

「バレちまったかな」

「だ、大丈夫だよっ……」

そう思わなきゃ生きた心地がしない。

私と朔くんが、この部屋で、その……イチャイチャしてたかもなんて、想像すらされたくないよ！

どうしよう……このキスマーク。

夏だから、首元が隠れる服なんてないし。

だからって、絆創膏（ばんそうこう）を貼るのも目立つし。

このまま蚊に刺されたってことで、丸出しにするしかないの……？

はぁ……この後、どんな顔で香織さんと顔を合わせたらいいんだろう。

「わりぃ、ちょっと調子に乗りすぎた」

ていうか、香織さんが入ってこなかったら、私たちどうなっちゃってたんだろう。

そう考えると、少しホッとしたような、残念のような、フクザツな気持ちだった。

俺に、ちょーだい？

【朔side】
「小春〜、まだ〜？」
　俺は、リビングのソファに座りながら小春を呼んだ。
　今夜は、母さんが大学時代の同窓会に行っていて、帰ってこない。
　久々のふたりきりってわけだ。
　ちょうど見たかった映画が今日から配信されたから、ふたりで夜更かしして見ようってことになったのだ。
「うん、今行くー」
　そう言いながら現れた小春は、両手いっぱいに何かを抱えていた。
　ドサッと机に置かれたのは、炭酸ジュースのペットボトルとポップコーンやスナック菓子。
「映画っていったらこれだよね！」
　満足げに笑う。
　なるほど。
　映画館気分をあじわおうってのか。
　俺は隣に小春がいたら他になんにもいらないんだけどな。
　……なんて、キザなことは言えない。
「だな。雰囲気出るよな」
　せっかく用意した小春のテンションを下げないために、調子を合わせる。

小春とつき合いだし、しばらくしてすぐ母さんが帰ってきてしまった。

つき合ってすぐに手を出すのもためらわれたし、俺と小春はまだキス止まりだ。

できれば、今夜決めたい……なんてひそかに思ってるが……。

となりに座って鼻歌を歌いながらポップコーンを皿に移している小春からは、なんの警戒心も感じられない。

俺と今夜ふたりきりってことを、どう考えているんだろうか。

ふたりの生活が長かったから、油断してるのか？

てか、警戒心なんていらないか。

俺たちは、恋人同士なんだから。

自然な形で、そうなるってことが、一番なんだから。

「で、なに見るんだっけ？」

たずねてきた小春に、俺はテレビの画面を見せる。

「これだよ」

黒いフードを被った人物の顔からは血が滴っている。

「きゃっ……もしかして、ホラー？」

一気に真顔になる小春。

明らかに固まってる。

「て、てっきり恋愛映画だと……」

「いや、これはホラーに見えて、ヴァンパイアと人間の切ないラブストーリーらしいよ？」

ジャンルはホラーに分類されているが、最終的には泣けると言われている映画だ。

　恋愛要素もあって、彼女と見るには最高の映画だって、映画評論家が言ってたんだ。

『彼女との距離をグッと縮めたい人におすすめの１本』

　ほんとかよ、なんて思いながらも、そんなふれこみに頼りたくなる俺も、情けないよな。

「でも……」

　尻込みしている小春の肩を抱き寄せる。

「俺が隣にいたら、怖くなんてないだろ？」

「朔くん……」

　俺の腕の中で、すでにうっすら涙を浮かべて上目遣いを見せる小春。

　うっ……。

　その顔、反則だってーの。

　まだ、映画が始まってもないのに。

「よし、じゃあ見よう」

　部屋の明かりを落とす。

　映画館の雰囲気を出すなら、徹底的にやらないとな。

　本編が始まり……おどろおどろしい音楽とともに、血まみれのゾンビが現れた。

「きゃっ……！」

　顔を背け、俺の胸に顔をつける小春。

　そんな小春の肩をしっかり抱き、優しくさする。

「大丈夫だって」

「やだ、怖い。最初からこんなんじゃ、2時間も見る自信ないよ……」

　そう言いながら声を震わす。

　俺にしっかりしがみつきながら。

　この状態で2時間……別の意味で俺の方が持つかな……。

　映画はちゃんとラブストーリーになっていて、怖くてグロい場面ももちろんあったが、小春も何とか頑張って画面を見ていた。

「きゃあ―――っ!!」

　油断していると、突然画面いっぱいにゾンビがうつって叫び声をあげながら俺にしがみつく。

　そのたびに顔がニヤケてしまう俺。

　頼られてるって、守ってることが実感できて、悪い気はしない。

　映画は予想以上に面白かった。

　ヴァンパイアと人間。想いあっているのに結ばれることは叶わず、来世では絶対に一緒になろうと約束して映画は終わった。究極の悲恋だ。

「あー面白かったー。な？」

　肩を抱いた小春の顔をのぞき込めば。

「グスングスン……」

　目の下に指をあてて、鼻をすすっていた。

　こんな光景、いつかも見たっけ……。

「なに泣いてんの～」

「だってぇ……好き同士なのに一緒にいられないなん

てぇ……」

最初は怖くて泣いてたくせに、最後は感動して涙を流している。

忙しいやつだな。

でも、そんな小春が可愛くてたまんねえ。

「生まれ変わったら、絶対に一緒になれるよね？　あのふたり」

「え？　あ、ああそうだな」

こんなのフィクションなのに。

その後のふたりを案じてるなんて……それくらい、感情移入してたってことだよな。

そんな純粋なとこも、小春らしい。

「よかった……」

素直な小春は、俺の言葉にかすかに笑った。

「俺たちは一緒にいられてよかったな」

「うん！」

笑顔になってうなずく小春に、心がほっこりする。

「あー、すっごく感動した！　最初は怖かったけど、見れてよかった。私のチョイスだったら絶対に見なかったもん。朔くん、ありがとう」

「お、おう……」

下心で選んだなんて、死んでも言えねえ……。

でも、この映画にした俺の選択は間違ってなかったな。

評論家のおっさん、グッジョブ！

「あ、そういえばね、さっきお母さんから連絡があって、帰国が予定より延びるんだって」

「え、マジで？」

本当なら、夏休みが終わると同時に、小春は家に戻ることになりそうだったのだが。

少し悲しそうな顔をする小春とは反対に、胸が躍る。

だって、夏休みが終わっても、まだしばらく小春と一緒に暮らせるってことだろ？

「うん……」

でも……小春はさみしいよな。

両親と離れて暮らしてるんだもんな。

そんな小春の頭を撫でて言う。

「でもさ、俺がいるだろ？」

「え？」

「俺が、小春にたっぷり愛情を注ぐし、寂しい想いなんてさせないよ」

「朔くん……」

【小春side】

朔くんの言葉に、胸がきゅんとした。

すごく男らしさを感じて頼もしく思えた。

ただのクラスメイトだった時の朔くんは、こんな言葉、地球がひっくり返っても言わなそうだったのに。

……なんて、朔くんには言えないけど。

時刻は12時ちょっとすぎ。

もう明日になっちゃったんだ。

今日は、香織さんが帰ってこない。

映画を見ようって、誘われて、まさかホラー映画なんて思わなかったけど……結局最後まで見入っちゃった。

ポップコーンなんて食べる暇なかった……。

「母さんが帰ってくるのを喜んだり、小春の両親の帰国が延びて悲しむのは、小春が優しいからだよな」

そう言ってまた、ぎゅーっと抱きしめられる。

「でもズルい俺は、正直うれしい」

耳元で囁くように。

――ドキッ。

「小春と、少しでも長く一緒にいたいから」

その気持ちは、私も同じで。

「うん……私も……」

そうつぶやくと、朔くんの動きがピタッと止まったのがわかった。

「……朔くん？」

気になって、朔くんの顔を見れば。

真っ赤になっている朔くんがそこにいた。

わっ！　私ってば何か変なこと言っちゃったかな？

向かいあった私たち。

朔くんは、私の両手首をつかんで、まっすぐ瞳を見つめる。

「小春を、俺にちょーだい？」

えっ？

ちょうだい……？

あのっ、それは……。

……でも、なんとなく、意味はわかったから、

「……うん」

小さくうなずくと、朔くんの瞳が大きく開かれた。

「小春、意味わかってんの？」

念を押される。

「……うん」

恥ずかしいからそんなこと聞かないでよ。

「ひゃっ……」

すると、私の体は反転した。

朔くんにお姫様抱っこされていたのだ。

朔くんてば、いつも急なんだから……。

「やっぱやだとか、ナシだからな？」

至近距離で見つめられて、私は正直な気持ちを口にする。

「朔くんなら……いいもん」

すると、うっ……と言葉に詰まって目を見張る朔くん。

ウソじゃない。

朔くんになら、私のすべてを預けられるって思ったの。

「あーもー、そんなに煽(あお)って。どうなっても知らないからなっ」

朔くんは余裕なさそうに顔をゆがめると、私を抱きかかえたまま、２階へ上がっていった――。

ふたりの夜は、まだまだこれから♡

＊番外編END＊

あとがき

☆ afterword

小春(以下、小)「朔くん、どうしようっ！」
朔「どうしたの、そんなに焦って」
小「私たちのお話が、本になるんだって！」
朔「マジで？　へ～、俺がどんだけ小春を好きかって、世間に見せつけることができるな」
小「……っ///じゃなくて！　あんなこととかこんなことが、全部ひとさまに筒抜けになっちゃうんだよっ」
朔「いいじゃん」
小「そんなの公開処刑だって～」
朔「なに、今さら恥ずかしがってんの？」
小「恥ずかしいに決まってるよぉ～」
朔「照れてる小春も可愛いな」
小「ちょっ……///な、なに言ってるの……！　そ、そうだ、読者様にご挨拶しなきゃ。んんっ、この本を手に取ってくれてるあなた、私たちの物語を読んでくれてありがとうございます！　ほら、朔くんもちゃんと挨拶して！」
朔「んー？　つーか、見せてやってるんだから、逆に感謝してもらわない──」
小「朔くんっっ!!」
朔「……はいはい。えーっと、これを手に取ってくれた人……ど、どうも……」(声が小さくなる)

小「なんだかんだ、朔くんの方が恥ずかしそうだね。顔が真っ赤だもん。ふふっ」

朔「なっ……！　そういうこと言うと、こうしてやる」

小「きゃっ！　朔くんやめっ……みんな見てるんだからっ」

朔「全部見られたんだろ？　今さら隠すことなんてなにもないじゃん」

小「だけど、こんな真昼間から……ひゃあっ！」

朔「いいだろ。俺たちがラブラブなの、いっぱい見せつけてやろうぜ——」

……この先は、自主規制させてもらいます！

こんにちは、作者のゆいっとです。またこうして書籍化の機会に恵まれたのも、皆さまのおかげです。いつも応援してくださり、本当にありがとうございます。

今作は、王道な同居ものに挑戦してみました。同居ならではのラブハプに、胸キュンしてもらえたら嬉しいです。

最後になりましたが、胸キュンすぎる可愛いイラストを描いてくださった柚木ウタノ先生、すてきなカバーに仕上げてくださったデザイナー様、どうもありがとうございました。この本に携わってくださった皆様に、深くお礼申し上げます。

そしてなにより、この本を手に取ってくださったあなたへ、最大級の感謝を。

2020年11月25日　ゆいっと

作・ゆいっと

栃木県在住。自分の読みたいお話を書くのがモットー。愛猫と戯れることが日々の癒やし。単行本版『恋結び〜キミのいる世界に生まれて〜』(原題・『許される恋じゃなくても』)にて書籍化デビュー。近刊は『溺愛総長様のお気に入り。』、『どうか、君の笑顔にもう一度逢えますように。』など(すべてスターツ出版刊)。

絵・柚木ウタノ (ゆずき　うたの)

3月31日生まれ、大阪府出身のB型。2007年に夏休み大増刊号りぼんスペシャル「毒へびさんにご注意を。」で漫画家デビュー。趣味はカラオケと寝ることで、特技はドラムがたたけること。好きな飲み物はミルクティー！　現在は少女まんが誌『りぼん』にて活動中。

ファンレターのあて先

〒104-0031

東京都中央区京橋1-3-1

八重洲口大栄ビル7F

スターツ出版(株) 書籍編集部 気付

ゆいっと先生

溺愛したがるモテ男子と、秘密のワケあり同居。

2020年11月25日　初版第1刷発行

著　者　ゆいっと
©Yuitto 2020

発行人　菊地修一

デザイン　カバー　稲見麗（ナルティス）
フォーマット　黒門ビリー&フラミンゴスタジオ

DTP　久保田祐子

編　集　相川有希子　本間理央

発行所　スターツ出版株式会社
〒104-0031 東京都中央区京橋1-3-1　八重洲口大栄ビル7F
出版マーケティンググループ　TEL03-6202-0386
(ご注文等に関するお問い合わせ)
https://starts-pub.jp/

印刷所　共同印刷株式会社
Printed in Japan

ISBN　978-4-8137-1001-1　C0193

読むたび何度でも恋をする…全力恋宣言！
毎月25日はケータイ小説文庫の日♥

心に沁みるピュアラブやキラキラの青春小説、
「野いちご」ならではの胸キュン小説など、注目作が続々登場！

ケータイ小説文庫　2020年10月発売

『総長さま、溺愛中につき。SPECIAL』　＊あいら＊・著

大ヒット暴走族ラブの完全版♡　由姫と蓮にまた会える‼　ハロウィンで仮装した由姫に皆メロメロで…？　由姫をめぐった恋の暴走はまだまだ止まらない！　本編では描かれなかった各人気キャラとのラブエピソードも盛りだくさん入った、溺愛度MAXの一冊！

ISBN978-4-8137-0987-9
定価：本体610円＋税

ピンクレーベル

『モテモテなクール男子と溺愛同居はじめます。』　天瀬（あませ）ふゆ・著

片想いの幼なじみ・柚葉の家に居候することになった高1のかなめ。中学時代に柚葉が放った「付き合わねーから」のひと言を引きずり、今も自分の想いをひた隠している。ところが、ゆる系男子・三上がかなめに急接近すると、柚葉の独占欲に火がついて……⁉　どきどきが止まらない同居ラブ。

ISBN978-4-8137-0986-2
定価：本体590円＋税

ピンクレーベル

『新装版　クラスメイトは婚約者⁉』　sAkU（サク）・著

相崎財閥の令嬢で高3の相崎沙羅は、誕生日に親から突然宮澤財閥の御曹司・宮澤彗を紹介され、政略結婚することに。普段は優等生の王子様、でも2人きりになると、急に俺様男になる彗のことを沙羅は好きになれずにいるけど…⁉　切なく甘い、学園フィアンセ☆ラブ♡新装版限定の番外編も収録‼

ISBN978-4-8137-0988-6
定価：本体590円＋税

ピンクレーベル

ケータイ小説文庫　2020 年 9 月発売

『溺愛したいのは、キミだけ。』　青山そらら・著

美少女だけど地味子な高２・琴梨には、雛乃と美羽という姉と妹がいる。性格も見た目も違う初恋知らずの３姉妹に恋が訪れた⁉　学年一モテるイケメン男子、クールでイジワルな完璧男子、面倒見のいい幼なじみ男子…。タイプの違う３人の男子の甘々な溺愛っぷりを描いた、胸キュン♡必至の短編集。

ISBN978-4-8137-0970-1
定価：本体 610 円＋税

ピンクレーベル

『無気力な高瀬くんの本気の愛が重すぎる。』　miNato・著

高校生の環は、失恋をして落ち込んでいた。そこに現れたのは、クラスメイトで完全無欠の超イケメン無気力王子・高瀬。「俺が慰めてあげよっか？」と環はファーストキスを奪われてしまう。その後も「俺がずっとそばにいてあげる」「早く俺のこと好きになって」と甘いセリフで惑わせてきて…？

ISBN978-4-8137-0971-8
定価：本体 580 円＋税

ピンクレーベル

『憧れの学園王子と甘々な近キョリ同居はじめました♡』　朱珠*・著

天然ピュアなお嬢様の音羽（高１）は、両親の海外勤務中、カリスマ生徒会長の翼（高３）と同居することに。女嫌いで有名な翼だけど、頑張り屋な音羽を可愛いと思うようになって、雷が苦手な音羽に「もっと頼っていい」と一緒にいてくれたりして…。ラブハプ続出の恋にドキドキが止まらない！

ISBN978-4-8137-0972-5
定価：本体 580 円＋税

ピンクレーベル

『その瞳が最後に映すのは、奇跡のような恋でした。』　尹　麻美・著

高校の入学式の朝、莉奈が出会った恭平はクラスで孤立した一匹狼だった。無性に彼が気になって近づこうとする莉奈に、最初は嫌な顔をしたが、徐々に心を開いていく。実は優しく、本心を見せてくれる恭平に莉奈が惹かれはじめた頃、彼の体に異変が…。相手を信じて想い続ける気持ち、ふたりの強い絆に号泣の感動ラブストーリー‼

ISBN978-4-8137-0973-2
定価：本体 590 円＋税

ブルーレーベル

読むたび何度でも恋をする…全力恋宣言！
毎月25日はケータイ小説文庫の日♥

心に沁みるピュアラブやキラキラの青春小説、
「野いちご」ならではの胸キュン小説など、注目作が続々登場！

ケータイ小説文庫　2020年7月発売

『総長さま、溺愛中につき。④』　＊あいら＊・著

地味子に変装していた由姫が伝説の美少女「サラ」なのがバレ、サラに憧れていたイケメン不良くんたちは大パニック。由姫を巡り、2つの暴走族は抗争勃発⁉　さらに、元彼・春季と生徒会長・蓮の総長対決も！　由姫と蓮の恋の結末もドキドキ♡の、大人気作家＊あいら＊の新シリーズ、ついに完結！

ISBN978-4-8137-0939-8
定価：本体590円＋税

ピンクレーベル

『王子系幼なじみと、溺愛婚約しました。』　みゅーな＊＊・著

高校生の美結には、忘れられない人がいる。それは、幼い頃によく一緒に遊んでいた、まるで王子様みたいな男の子・芭瑠。「迎えにいく」という言葉を残して姿を消してしまった芭瑠を密かに待ちわびていた美結だったが、18歳の誕生日に芭瑠が目の前に現れる。しかも美結にだけ超激甘で…？

ISBN978-4-8137-0938-1
定価：本体590円＋税

ピンクレーベル

読むたび何度でも恋をする…全力恋宣言！
毎月25日はケータイ小説文庫の日♥

心に沁みるピュアラブやキラキラの青春小説、
「野いちご」ならではの胸キュン小説など、注目作が続々登場！

ケータイ小説文庫　2020年6月発売

『幼なじみのイケメン御曹司に独占されてます。』 Moonstone・著

天然鈍感な美少女の千愛は、幼なじみで御曹司の愛を弟のように可愛がっていたのだが、高校生になり、近ごろの彼の様子がおかしい。抱きしめられたり、階段で転びそうなところを助けてもらったりしているうちに、徐々に千愛も彼を男の子だと意識し始めて…♡

ISBN978-4-8137-0921-3
定価：本体590円＋税

ピンクレーベル

『クール王子ととろける溺甘♡同居』 雨乃めこ・著

中学時代から男子が苦手だった花純。ある日、家庭の事情で、学校一のモテ男・希夜と同居することに！　花純の苦手意識克服のために協力すると宣言した希夜は、甘い声で「おいで」と囁き、優しく触れたり、ハグしたり。ピュアな花純はスキンシップにドキドキしながら、希夜に惹かれ始め…。

ISBN978-4-8137-0922-0
定価：本体590円＋税

ピンクレーベル

『今日も私は、大好きなきみへウソをつく。』 涙鳴・著

高3の椿は同じクラスの一護のことがずっと好き。その想いを秘密にしていたのは、親友の紗枝も一護を好きだったから。大切な親友の恋を応援しようと決意した椿は、自分の気持ちを封印し、一護に対してわざと冷たい態度をとる。でも、一護はそんな椿が気になり…。切ない涙のピュア恋。

ISBN978-4-8137-0923-7
定価：本体580円＋税

ブルーレーベル